D1146357

de Bibliotheek
Sneek

Bibliotheek Sneek
Tel: 0515 415230
E-mail: bibliotheeksneek@...nl

Datum   9-11-2017 15:18:43
Ingeleverd   € 0,01
Tegoed/tegoed   € 0,00
Pasnummer   xxxxxx0404

Uw geleende (2)   Retour:
31490095   30-11-2017
Gebroeders Grimm, Nancy A
9195.19   30-11-2017
Woodrow, Marcia

Nancy A. Collins

2e druk

Blossom Books

*In liefdevolle herinnering aan mijn
tante Emily Riggins, en met speciale dank
aan mijn agent Lori Perkins, en mijn
redacteur Barbara Lalicki*

Nur 285 / GGP041002
© MMX Nederlandse editie: Uitgeverij Kluitman Alkmaar B.V.
© MMVIII Nancy A. Collins
First published by Harper Teen, an imprint of HarperCollins Publishers
Oorspronkelijke titel: *Vamps*
Nederlandse vertaling: Merel Leene
Omslagontwerp: Annemieke Groenhuijzen
Opmaak binnenwerk: Studio L.E.O.

www.blossombooks.nl

*Wat een vreemde illusie is het om ervan uit te gaan
dat schoonheid hetzelfde is als goedheid.*

Leo Tolstoj

HOOFDSTUK 1

'Je kunt me hier afzetten, Bruno,' zei Lilith Todd. Ze schoof haar elegante Christian Louboutin-schoentje aan haar rechtervoet.

De chauffeur keek haar over zijn schouder kort aan terwijl hij de antieke Rolls-Royce over Sixth Avenue navigeerde. Bruno reed de familie Todd naar al hun bestemmingen al sinds de tijden van hobbelige keitjes en paard en wagens. Daarvóór was hij officier geweest in een of ander Europees leger. Hij vroeg: 'Weet u het zeker, juffrouw Lilith? Als u wilt, kan ik ook eerst nog een blokje omrijden.'

Lilith controleerde of ze haar smaragdgroene Dior-jurk met de laag uitgesneden rug ver genoeg had dichtgeritst en wierp toen een blik op haar Patek Philippe-horloge. Ze was stiekem tevreden toen ze zag dat ze haar record had verbroken; haar persoonlijke record omkleden van schooluniform naar uitgaansoutfit op de achterbank van de limousine. 'Ik zei nú, Bruno.'

'Ja, juffrouw Lilith.'

De chauffeur stopte bij de club, in het gedeelte dat was afgezet voor de parkeerservice. Een jonge man in het uniform van de Belfry – zwarte designerbroek, T-shirt en smokingjasje – kwam aangesneld om het portier open te houden.

De Belfry was ooit een episcopaalse kerk geweest, gebouwd in de negentiende eeuw door industriemagnaten. Meer dan 125 jaar later stroomden er nog steeds rijken en beroemden door de overdadig versierde dubbele deuren; alleen kwamen ze er nu niet voor geestelijk maar voor lichamelijk voedsel, en de enige geest die er in hen voer, was die van de drank.

Het was al ver na tweeën 's nachts, maar zelfs nu nog hingen er allerlei mensen rond die tegen beter weten in hoopten toegelaten te worden. Ze kletsten met elkaar en loerden naar de stevige portiers die de ingang van de club bewaakten. Toen Lilith haar welgevormde been naar het trottoir uitstrekte, draaide de menigte aan de verkeerde kant van de touwen zich naar haar toe, gretig om een glimp op te vangen, hoe kort ook maar, van de glamour van roem.

Lilith schudde haar hoofd naar achteren en liep de trap op naar de ingang. Haar honingblonde haar golfde achter haar aan als een bruidssluier.

Een van de provinciaaltjes porde haar vriendin met

een elleboog in haar ribben en wees naar Lilith, die juist langs hen zeilde. 'Kijk, daar is een beroemdheid! Is dat niet...'

'Volgens mij niet,' zei haar vriendin. Ze kneep haar ogen samen, als een taxateur die het verschil tussen een edelsteen en een halfedelsteen probeert te zien. 'Te jong. Maar ik ben er vrij zeker van dat ze beroemd is. Of rijk. Of alle twee.'

Lilith hield een hand voor haar mond om haar lachje te verbergen. O, ze was inderdaad rijk en beroemd. Alleen niet op de manier waarop die sneue types hier dachten.

Toen ze de deur van de club bereikte, strekte een nieuwe portier zijn gespierde arm uit en belemmerde haar de doorgang. 'Je ziet eruit alsof je er helemaal klaar voor bent, dame,' merkte hij op, terwijl hij zijn ogen langs haar slanke lichaam liet gaan. 'Maar ik wil graag even je legitimatie zien.'

Meteen kwam er een jonge bediende aan rennen en hij tikte de portier op zijn schouder. De enorme spierbundel liet zijn hoofd zakken zodat de bediende hem iets in het oor kon fluisteren. Lilith glimlachte toen ze een vlaag van paniek op zijn gezicht zag verschijnen.

'Sorry, mijn fout,' bromde de uitsmijter. Hij stapte eerbiedig opzij en liet haar door. 'Prettige avond, juffrouw Todd.'

Lilith liep door de glanzende hal naar de enorme dansvloer in wat eens de kerkzaal geweest was. Ze keek omhoog naar de preekstoel, waar nu de dj huisde, en zwaaide naar de jongeman die daar oorverdovende trance draaide.

Al snel ontdekte ze Sebastian, de organisator van de feesten in de club en degene die waakte over de vip-lounge op de eerste verdieping.

Hij vloog op haar af, zo snel als zijn handgemaakte blauwleren schoenen hem konden dragen. Net als altijd was hij verrukt haar te zien. 'Lilith, schat! Je ziet er werkelijk adembenemend uit! Ik ben zó blij je hier te zien!' schreeuwde hij boven het gedreun van de geluidsinstallatie uit.

'Hallo, Seb,' schreeuwde ze terug. 'Zijn de anderen er al?'

'Jules is er net. Ga maar naar boven, naar de Loft. Ik heb je favoriete drankje voor je klaarstaan.'

'O, je bent geweldig, Seb!' zei ze. Ze kuste de lucht aan beide kanten van zijn smalle gezicht.

Hij knipoogde. 'Ik wed dat je dat zegt tegen alle duivels knappe clubpromotors die je gratis drankjes aanbieden.'

Toen ze de voormalige koorruimte binnenliep die nu als vip-lounge van de club dienstdeed, zag Lilith direct haar verloofde, Jules de Laval, zitten. Hij had zich op een van de divans uitgestrekt. Hij droeg een poloshirt van Armani, waarvan hij de mouwen had opgerold om zijn bovenarmen zo goed mogelijk uit te laten komen, en kletste met Tanith Graves, een van Liliths beste vriendinnen. Jules zag eruit als een filmster, met zijn warrige, halflange, rossig blonde haar, groene ogen, perfect rechte neus en sterke mannelijke kaken, en daar maakte hij graag gebruik van.

Tanith en Lilith deden vaak alsof ze zussen waren en dat was niet al te moeilijk, aangezien ze alle twee blond haar, een ovaal gezicht, een nepbruine teint en dezelfde smaak in de nieuwste modieuze kleding hadden.

Naast Tanith zat haar vriendje, Sergei Savanovic, een van Jules' klasgenoten van de Ruthven Jongensschool. Je zou hem zo voor een Russische dichter houden, met zijn zwarte, schouderlange haar en zijn liefde voor zwarte coltruien en leren broeken, maar hij kwam uit Servië en wilde dat altijd maar wat graag benadrukken als iemand ernaar vroeg.

Carmen Duyvel en Oliver Drake lagen op de sofa tegenover hen. Carmens poppengezichtje en koperkleurige krullen pasten perfect bij Olivers grauwblonde haar en zijn knappe stoerejongensuiterlijk. Net als de meeste andere vampierstelletjes waren Oliver en Carmen alleen maar bij elkaar omdat ze er samen zo goed uitzagen.

'Daar is ze dan,' zei Jules. Hij stond op en glimlachte. 'Ik begon al te denken dat Teacher je had laten nablijven.'

'Dank de Stichters dat het donderdag is!' lachte Lilith en ze omhelsden elkaar. 'Ik snap niet hoe bloedproppen het volhouden om vijf dagen per week naar school te gaan.' Ze keek even snel de ruimte door terwijl ze hem op zijn wang kuste. 'Wie missen we nog?'

'Melinda,' antwoordde Carmen.

'Wat een verrassing.' Lilith trok een gezicht. 'Zij is altijd te laat.'

'Moet jij zeggen! Jij bent nou ook niet echt een voorbeeld van punctualiteit,' plaagde Jules.

'Ja, maar ik ben altijd stijlvol te laat, lieverd. Dat is niet hetzelfde. En, wat voor roddels heb ik gemist?'

'Ollie vertelde net dat hij voor ons allemaal backstage-kaartjes heeft weten te scoren voor de Pink Party van Victoria's Secret,' zei Carmen opgewonden.

'Een van mijn vaders slaafjes is een pr-man daar.'

'Victoria's Secret? Alsjeblieft…' snoof Lilith.

'Ja, ik wist ook al niet of ik wel wilde gaan,' zei Carmen, die haar eerdere enthousiasme meteen intoomde. 'Ik bedoel maar…'

'Ik ga wat te drinken halen. Ik moet nodig de vieze smaak van school wegspoelen,' zei Lilith. 'Niet te veel roddelen als ik weg ben, want ik laat jullie straks alles nog een keer vertellen.' Ze liep naar de bar, die gemaakt was van onderdelen van het kerkorgel, en zag de barman al onder de tapkast reiken.

'Het gebruikelijke?' vroeg hij.

'Natuurlijk.'

'Alsjeblieft,' zei hij, terwijl hij haar een wijnglas gaf, gevuld met iets wat je voor rode wijn zou kunnen houden.

Lilith rook eraan, glimlachte en knikte goedkeurend.

Toen ze weer terugliep naar haar vrienden, zag Lilith dat haar vriendin Melinda inmiddels gearriveerd was. De dochter van Anton Mauvais was een betoverende schoonheid: bleke, jadegroene ogen, een lichtbruine huid en ingewikkeld ingevlochten haren. En ze stond net iets te dicht bij Jules.

'Ik ben blij dat je het toch nog gered hebt, Melly.' Lilith schoof tussen de twee in, zodat Melinda gedwongen was een stap naar achteren te doen.

'Ik moest eerst naar huis om me om te kleden,' legde Melinda uit. 'Anders was ik hier wel eerder geweest.'

'Wat drink je, Lili?' vroeg Sergei.

'AB-neg, geserveerd op lichaamstemperatuur en met een drupje antistolling; precies zoals ik het lekker vind.'

'Mmm.'

'En, hoe was het op school?' begon Jules.

'Ugh! Hou daar alsjeblieft over op,' antwoordde Lilith met een grimas. 'We zijn nog maar een week op weg in dit semester en ik vind er nu al geen zak aan.'

'Geen zak of geen bal?' grinnikte Jules.

'Hou je kop,' zei Lilith met een speelse tik op zijn been. 'Je snapt heus wel wat ik bedoel. Maar goed, ik hoopte dat ze ons dit jaar eindelijk wat meer als volwassenen zouden gaan behandelen en minder als nieuwelingen. Ons wat veldwerk zouden laten doen of zo, wat bloed-proppen in de val laten lopen, weet je. Maar nee dus. Terwijl ik zelfs met één hand op m'n rug gebonden zó een van de proppen in deze club in de val lok.' Ze dronk haar glas leeg en likte langzaam langs haar lippen.

'Als dat is wat je wilt, kunnen we altijd nog vers bloed gaan scoren,' stelde Tanith voor. 'Er hangen in de stad zat drugsdealers rond, overdag én 's nachts. Niemand merkt het als er wat met ze gebeurt, laat staan dat het iemand iets kan schelen.'

'Rond Washington Square Park is een goede plek,' merkte Jules terloops op en hij knipoogde naar Tanith.

Tanith trok een wenkbrauw op en zorgde er daarbij voor dat Lilith de uitdrukking op haar gezicht zag. Al Liliths vriendinnen keken wel uit om erop te reageren wanneer Jules weer eens aan het flirten was, of het nou serieus bedoeld was of niet.

'Echt? Waar wachten we nog op!' zei Lilith, die weigerde om aandacht aan Jules' gedrag te besteden.

Het huwelijk tussen Lilith Todd en Jules de Laval was door hun ouders geregeld toen ze allebei nog baby's waren. Het werd gezien als de perfecte verbinding tussen de macht van de Oude Wereld en de rijkdom van de Nieuwe.

De De Lavals waren de meest aristocratische familie van de stad. Jules' vader, graaf De Laval, had een bloedrecht dat terugging tot voor de tijd van Clovis de Eerste en hij bezat nog steeds allerlei onroerend goed in Frankrijk.

De Todds hadden geen spatje koninklijk bloed in hun aderen, ook al luidde hun naam voor ze naar Amerika verhuisden nog Todesking. Maar ze waren wél rijker dan koning Midas. Door een huwelijk te arrangeren met een De Laval, had Liliths vader ervoor gezorgd dat zijn dochter daadwerkelijk een soort prinses zou worden – of in ieder geval een gravin – en de De Lavals waren verzekerd van de gestage geldstroom die nodig was om hun verzameling landhuizen, paleizen en kastelen in de familie te houden. Natuurlijk weerhield dit Jules er niet van om met zijn ogen – en andere lichaamsdelen – af en toe een uitstapje naar een ander te maken.

'Ach, kunnen we best doen, dit weekend.' Hij haalde zijn schouders op. 'Als je het tenminste niet erg vindt als ook een paar van de jongens meegaan.'

'Ik heb altijd wel zin in een feestje,' zei Lilith terwijl ze tegen hem aan kroop.

Er klonk een zoemend geluid en Jules haalde zijn telefoon tevoorschijn. 'Mijn vader,' zei hij met een frons. 'Ik kan maar beter gaan.'

Lilith probeerde haar hoofd zo te draaien dat ze het nummer op de display kon lezen, maar Jules had de telefoon alweer weggestopt. 'Sinds wanneer ren jij direct naar huis als je pappie belt?' vroeg ze.

'Sinds ik gezakt ben voor mijn alchemietentamen,' antwoordde Jules zuur. 'Hij heeft gedreigd mijn trip naar Vail af te zeggen als ik na school niet in ieder geval een paar uur aan het werk ga.'

'Zie ik je morgenavond dan?'

'Is goed,' antwoordde Jules.

Toen hij zich vooroverboog om haar te kussen, strekte Lilith zich naar hem toe. Jules legde zijn hand om haar achterhoofd en zijn tong gleed haar gretige, hongerige mond binnen. Na een lange laatste kus, die heel echt leek, keek hij haar in de ogen en lachte zijn sexy lachje. 'Ik moet gaan, schat. Bel me als je wakker bent.'

Lilith keek toe terwijl Jules wegliep. De Loft was stampvol, maar iedereen ging voor hem opzij, zonder dat hij een woord hoefde te zeggen. Ze vroeg zich af of hij echt naar huis ging of dat het alleen maar een excuus was om bij iemand anders te kunnen zijn. Als ze eenmaal getrouwd waren, had Jules tijd genoeg om zonder haar uit te gaan. Nu wilde ze hem helemaal voor zichzelf. Het idee dat Jules met een ander meisje hetzelfde deed als met haar, was genoeg om steken van jaloezie door haar lijf te voelen.

Lilith keek omlaag naar haar handen en zag dat ze die tot vuisten gebald had. 'Sorry,' zei ze tegen de anderen terwijl ze opstond. 'Ik ben even naar het toilet.'

De toiletruimte bij de vip-lounge was heel wat kleiner dan die beneden. Er waren maar twee wc's en boven de wastafels hingen geen spiegels. Lilith keek snel langs de onderkant van de wc-deuren om te zien of er niemand was. Toen ze zeker wist dat ze alleen was, liet ze het deksel op een van de toiletpotten vallen en ging erop zitten. Haar handen begonnen al te trillen toen ze de grendel voor de deur schoof.

Ze zette haar Prada-tas op de vloer tussen haar voeten en voelde erin. Haar vingers zochten naar het tasje met de rits waarin ze haar verboden schat bewaarde; de schat waarvan niemand af wist: haar ouders niet, Tanith niet en zelfs Jules niet.

Ze had gewoon even een shot nodig, dat was alles. Een klein beetje maar, om de scherpe kantjes eraf te halen en haar zelfvertrouwen een oppepper te geven. Iedereen dacht dat zij het zo gemakkelijk had. Maar het was hard werken om altijd de perfecte dochter, de perfecte vriendin, de perfecte student en het perfecte vriendinnetje van Jules te zijn.

Ze verdiende dit.

Ze deed haar hand open. Er lag een klein doosje in gemaakt van het schild van een schildpad. Ze glimlachte in zichzelf toen ze het dekseltje openklapte, zodat de inhoud zichtbaar werd.

Een klein, rond spiegeltje.

Lilith staarde een tijd naar haar spiegelbeeld. Ze hield het spiegeltje eerst de ene kant op en daarna de andere, om zo veel mogelijk van haar gezicht te kunnen zien.

Haar hele leven al was er tegen haar gezegd dat ze mooi was. Haar moeder zei het. Haar vader zei het. Jules zei het. Tanith zei het. En toen ze ouder werd, zeiden anderen het ook – niet met woorden maar met hun ogen. Ook al was ze pas zestien, Lilith was gewend aan de begerige blikken van mensen van elke leeftijd en elke seksuele voorkeur. Toch, hoe vaak mensen ook tegen haar zeiden dat ze aantrekkelijk was, het was niet hetzelfde als het met haar eigen ogen zien.

Helaas kwam de bevrediging die het spiegeltje haar bood niet zonder prijs. Als ze er ooit op betrapt werd dat ze het had, zou ze automatisch van school gestuurd worden en als een misdadiger voor de Synode gebracht worden, de raad die erop toezag dat de oeroude wetten van haar volk nageleefd werden.

Lilith bestudeerde haar haren en make-up en controleerde of ze er op haar best uitzag voor ze het doosje weer dichtklikte. Toen ze het spiegeltje terugdeed in zijn geheime bergplaats, werden haar handen weer rustig en keerde haar zelfverzekerde houding terug. Voor ze het toilethokje verliet, spoelde ze door, voor het geval er in de tussentijd iemand de toiletruimte binnen was gekomen. Tenslotte was hoe je overkwam het allerbelangrijkste.

Ze was weer zichzelf: Lilith Todd, Amerikaanse vampierprinses.

'Waar was jij al die tijd?' vroeg Melinda toen Lilith zich weer bij het groepje voegde.

'Ik verveel me. Zullen we naar beneden gaan?' Lilith negeerde Melinda's vraag en dronk het laatste beetje uit haar glas.

'Best,' zei Tanith onverschillig. 'Maar Sergei heeft een hekel aan dansen, toch?'

'Ik beweeg een stuk beter in de slaapkamer,' zei Sergei

met een scheve grijns op zijn gezicht. 'Ik blijf wel hier, een beetje drinken, als je het niet erg vindt.'

'Ik ook,' knikte Oliver en hij nam nog een slok.

'Kom op.' Lilith pakte Taniths hand. 'Laten we gaan dansen.' Ze keek om naar Melinda en Carmen. 'Komen jullie ook?'

Carmen en Melinda keken elkaar even aan, sprongen toen overeind en volgden hun vriendinnen zonder iets te zeggen.

De dansvloer was stampvol, maar Lilith en haar gevolg liepen zonder enige moeite naar het midden. Terwijl de vier meiden dansten, lachten en met elkaar giechelden, werd Lilith zich ervan bewust dat ze bekeken werd. Ze keek om zich heen en zag een man van midden dertig die haar met een intense blik aanstaarde.

Normaal gesproken negeerde ze de bloedproppen die in de Belfry kwamen, maar ze was verveeld, ze had gedronken en het beviel haar wel wat ze zag. Misschien zou ze zichzelf eens een pleziertje gunnen. Haar blik kruiste die van de man en ze knikte bijna onmerkbaar.

De prop glimlachte haar toe met een brede tandpastaglimlach en begon naar haar toe te lopen. Ze danste zijn kant uit en fixeerde zijn blik met de hare.

Toen ze zagen wat Lilith aan het doen was, stelden Tanith, Carmen en Melinda zich op tussen het stel en de omringende clubbezoekers, waardoor ze hun prooi isoleerden van de rest van de mensen. Ze dansten gewoon door en de prop had totaal niet in de gaten dat zijn nieuwe partner hem langzamerhand naar de rand van de dansvloer wist te manoeuvreren.

Hij legde zijn handen om Liliths middel, met glanzende ogen door een mix van begeerte en chemisch opgewekte hitte, maar Lilith glipte met gemak tussen zijn vingers door. Ze glimlachte, bewoog spottend haar vinger heen en weer, maar zei nog steeds niets. In plaats daarvan knikte ze naar de vlakbij gelegen damestoiletten. Zijn ogen begonnen nog feller te glanzen.

Lilith controleerde of de kust veilig was en leidde haar prooi toen snel de toiletruimte in, gevolgd door de andere leden van haar gezelschap. Tanith ging vlak na haar naar binnen om als achtervang te fungeren, Carmen en Melinda bleven op wacht staan bij de deur om eventuele pottenkijkers te weren.

Lilith hield haar blik op haar prooi gericht terwijl ze hem achterwaarts naar het middelste toilethokje stuurde. De deur stond al open.

'Dus, eh… je vriendin is ook geïnteresseerd?' vroeg de prop gretig. Zijn blik schoot naar Tanith, die achter Lilith stond en zo de weg naar de uitgang versperde.

Lilith keek over haar schouder naar Tanith en de twee glimlachten kort naar elkaar. 'Ja, zij lust ook wel een stukje van jou.' Lilith duwde haar prooi zachtjes verder het hokje in, totdat de achterkant van zijn benen de toiletpot raakte. 'Beter gezegd: we hebben allemaal wel trek in je.'

De man grijnsde, maakte zijn das los en liet zich op

het toiletdeksel zakken. Hij staarde naar Lilith alsof hij rechtstreeks een opwindende seksuele fantasie binnen was gelopen. Vier fantastische jonge meiden die met z'n allen een nummertje met hem wilden maken? Waarom zou hij dat niet zien zitten?

Die vraag werd beantwoord door Lilith, die haar twee vijf centimeter lange, intrekbare hoektanden ontblootte en ze vervolgens in zijn halsslagader plantte. De prop wist nog net een korte gesmoorde gil te slaken voor de zenuwgiffen uit haar speeksel door zijn lichaam begonnen te stromen. Ze verlamden zijn stembanden en beroofden hem van de mogelijkheid zich te bewegen; zijn ogen draaiden weg in hun kassen totdat alleen het wit nog te zien was.

Lilith dronk al haar hele leven mensenbloed, maar toch had ze het nog maar twee of drie keer eerder rechtstreeks uit de aderen gedronken. Toen het bloed van haar prooi haar mond in stroomde, verbaasde ze zich erover hoe levend het smaakte. Ze zoog de donkerrode vloeistof gretig op en huiverde van genot toen de levenskracht van haar slachtoffer zich door haar lichaam verspreidde.

'Hé, je houdt hem toch niet alleen voor jezelf!' grijnsde Tanith, terwijl ze Lilith op haar schouder tikte.

'Ga je gang.' Lilith deed een stap opzij om haar vriendin erbij te laten.

Tanith pakte de slappe rechterarm van de prop op, schoof de mouw van zijn jasje omhoog en beet in zijn ontblote pols. Hij kreunde niet en knipperde niet eens met zijn ogen.

Toen Lilith haar blik afwendde van wat er in het toilethokje gebeurde, werd haar aandacht getrokken door haar weerspiegeling in de spiegel boven de wasbakken. Ze liep ernaartoe, gebiologeerd door de aanblik van haar mond, die nat en rood glansde alsof ze er net lipgloss op gedaan had. Achter haar zag ze Tanith uit het toilethokje komen, die met een stukje wc-papier haar lippen bette. Meteen dook Carmen het hokje in voor haar deel van de pret.

Plotseling klonk er lawaai; het was Sebastian, die de toiletruimte binnenkwam. Hij had een draadloze headset om één oor geklemd en zijn gezicht stond bezorgd. 'Wat is hier in hemelsnaam aan de hand? Ik kreeg het bericht dat iemand de toegang tot de damestoiletten blokkeerde.'

Lilith liep naar voren, zodat ze tussen de clubpromotor en de toilethokjes in stond. 'Gewoon, meidendingen, je weet wel. Niets om je druk over te maken, Seb.'

'Wat doen jullie trouwens hierbeneden? Zijn de toiletten bij de vip-lounge soms buiten gebruik?' Sebastians blik gleed over de vloer en zijn ogen werden groot. 'Wacht eens even… Zijn dat mannenschoenen?' Hij stapte om Lilith heen, trok de deur van het toilethokje open en staarde naar de man, die in elkaar gezakt op het toiletdeksel zat als een levensgrote lappenpop. Sebastian greep de man bij zijn haren, trok zijn hoofd omhoog en liet het meteen weer vallen. 'Wat hebben jullie gedaan?!' gilde hij. 'Jullie kennen de regels: niet tappen in de club! In elk geval niet gedurende openingstijden.'

'Kom op, Seb. Maak je nou niet zo druk, oké?' zei Lilith in een poging de clubpromotor te sussen. 'Je kunt hem altijd nog naar de kelder brengen, bij de anderen, toch?'

'Me niet druk maken?' gromde Sebastian. Van ergernis ontblootte hij zijn hoektanden. 'Weet je wel wie dit is?'

Lilith en haar vriendinnen keken elkaar aan en schudden toen hun hoofd. De jacht was zo opwindend geweest dat ze niet de moeite genomen hadden om hun prooi naar zijn naam te vragen.

'Deze man is een heel belangrijke manager in de muziekindustrie! Hij kan niet zomaar verdwijnen. En hij kan al helemaal niet zomaar verdwijnen uit mijn club!' Sebastian pakte de linkerarm van de prop op en voelde aan zijn pols. 'Hij leeft nog. Dank de Stichters voor kleine gunsten.'

'Misschien kunnen we hem bij een ziekenhuis afzetten of zo?' stelde Tanith voor.

'Zo gaat hij echt niet naar de Eerste Hulp, met die bijtwonden overal,' snauwde Sebastian. Hij was duidelijk zeer geïrriteerd vanwege het ongemak dat de situatie met zich meebracht. 'Hij ziet eruit alsof hij in een slangenkuil terecht is gekomen.' Sebastian drukte een knopje op zijn bluetooth-headset in en riep boos in zijn mondstuk: 'André! Ik wil dat de damestoiletten in de kapel nu onmiddellijk worden afgesloten. Zorg ervoor dat niemand, en dan bedoel ik echt niemand hier binnenkomt. Weet ik veel, zeg maar dat iemand een maandverband heeft doorgespoeld of zo.'

'En wat doen we nu?' vroeg Lilith. Ze had Sebastian nooit eerder zo kwaad gezien en ze voelde zich er niet erg gemakkelijk bij.

Sebastian zuchtte diep en wreef met zijn hand over zijn voorhoofd, in een poging zijn boosheid in toom te houden. 'Wat gebeurd is, is gebeurd. Ik regel dit verder. Het heeft geen zin om je hier druk over te gaan lopen maken, oké? Ik zorg wel voor onze vriend hier. Ik laat de jongens hem een bloedtransfusie geven. Als hij wakker wordt, is hij waarschijnlijk zo ziek als een hond. En als ik deze klootzak een beetje ken, zal hij er gewoon van uitgaan dat hij gescoord heeft. Maar jullie moeten nu vertrekken en hier de komende tijd wegblijven.'

'Bedoel je dat we niet meer in de club mogen komen?' klaagde Tanith.

'O, kom op, Seb... Is dat niet een beetje overdreven?' vroeg Melinda.

'Overdreven?!' blafte Sebastian. Hij rolde vol afschuw met zijn ogen. 'We kunnen niet het risico lopen dat de club te veel de aandacht trekt. De politie zou al erg genoeg zijn, maar het laatste wat de Belfry kan gebruiken, zijn Van Helsings!'

'Maar als we hier niet meer mogen komen, waar moeten we dit weekend dan uitgaan?' pruilde Carmen.

'Kan me niet schelen, als het maar niet hier is,' gromde Sebastian. 'Voor mijn part gaan jullie naar de hel.'

HOOFDSTUK 2

Lilith kreunde hardop terwijl ze nog iets dieper onder haar dure lakens van Egyptisch katoen kroop. Misschien was het toch niet zo'n goed idee geweest om de slagader van die cokesnuiver te tappen. Ze was weliswaar praktisch onsterfelijk en immuun voor zo ongeveer alle menselijke ziektes, maar het drinken van bloed waar drugs doorheen stroomden, kon toch voor een flinke kater zorgen.

Ze draaide zich om en keek naar de wekker naast haar bed. Volgens de display was het drie uur in de middag. Ze had tegen vijven met Tanith afgesproken, om te gaan winkelen. Ze had er eigenlijk een hekel aan om voor zonsondergang naar buiten te gaan, maar af en toe wilde ze wel een uitzondering maken, als dat betekende dat ze bij Prada of Tiffany's kon langsgaan terwijl die nog open waren.

Ze strekte haar soepele, slanke lichaam uit en genoot

van het gevoel van de twaalfhonderd dollar kostende lakens tegen haar huid. Daarna ging ze rechtop zitten en sloeg op het knopje van de intercom naast de wekker.

'Ja, juffrouw Lilith?' antwoordde direct een mannenstem.

'Ik ben wakker, Curtis,' zei ze. 'Stuur mijn kleedster naar boven.'

'Ze komt eraan, juffrouw Lilith.'

Lilith gooide de dekens van zich af en zwaaide haar benen over de rand van het bed, dat al in het bezit van haar familie was sinds de dagen van Lodewijk de vijftiende. Ze had allang geleerd hoe ze zichzelf moest aankleden, maar had nog steeds haar kleedster, Esmeralda, nodig om haar met haar haren en make-up te helpen, en dat zou ook altijd zo blijven.

Voor ze de badkamer in ging, controleerde ze of alle gordijnen van de slaapkamer goed dichtgetrokken waren om de middagzon buiten te houden. Zij kon bij daglicht wel gewoon rondlopen zonder akelige bijverschijnselen, maar hetzelfde kon niet gezegd worden van de ondoden die in dienst waren van haar familie. Het laatste wat ze nodig had, was dat haar kleedster in vlammen zou opgaan net op het moment dat ze wilde gaan winkelen.

Toen ze er zeker van was dat de kamer helemaal zonproof was, liep ze de badkamer in, waar een aparte ruimte was voor haar make-upstoel.

Terwijl ze wachtte tot het douchewater warm was, trok Lilith haar zijden hemdje uit en schopte het in een hoek. Ze genoot van het warme water dat over haar huid stroomde terwijl ze zich inzeepte met de douchezeep die voor haar gemaakt was door de parfumeur van de familie.

Toen ze onder de douche vandaan stapte, klonk er een licht klopje op de deur. 'Bent u klaar voor me, juffrouw Lilith?' vroeg haar kleedster. Ze duwde de badkamerdeur net ver genoeg open om haar hoofd om het hoekje te steken.

Esmeralda zag eruit alsof ze net in de dertig was, met een olijfkleurige huid, ravenzwarte ogen en lang, dik donker haar, dat met een gouden bandje bijeengebonden was in een eenvoudige paardenstaart. Lilith had het haar nooit gevraagd, maar ze dacht dat haar kleedster misschien een zigeunermeisje geweest was voor ze een van de ondoden was geworden.

'Zet jij alles maar vast klaar, Ezzie,' antwoordde Lilith. 'Ik kleed me eerst aan.'

'Zoals u wilt, juffrouw Lilith,' zei de kleedster. Ze deed een stap opzij om haar meesteres erlangs te laten voor ze de badkamer in ging, met haar zwart-met-chromen make-upkist achter zich aan als een huisdier op wieltjes.

Lilith rende haar slaapkamer door en opende de deur van haar inloopkast. Ze griste een kwartsroze Perla-slipje en een bijpassende bh uit de bovenste la van haar antieke kersenhouten lingeriekast. Ze keek vol afschuw naar haar schooluniformen, die in hun eigen gedeelte van de kast hingen, alsof zé op de een of andere manier de rest van haar eigendommen zouden kunnen besmetten. Na vijftien minuten koos ze uiteindelijk voor een roze blouse van Marc Jacobs en een rok van Chloé, met gebloemde sleehakken. Misschien zou ze voor vanavond wel iets nieuws kopen.

Ze liep de badkamer in, net toen Esmeralda haar laatste paar make-upborsteltjes op een frisse, schone handdoek legde. De beauty case van de kleedster stond open en toonde de ontelbare potjes, tubetjes, sticks en doosjes die noodzakelijk waren voor haar beroep.

Terwijl Lilith in de zwartleren stoel ging zitten, gleden haar ogen automatisch naar de plek waar de spiegel gehangen zou hebben als ze net zo was geweest als de andere meisjes in het appartementengebouw. 'Waarom kan ik niet gewoon één spiegel hebben, Ezzie?'

'U weet dat die verboden zijn, juffrouw Lilith,' antwoordde Esmeralda terwijl ze een foundation van Sisley op het gezicht van haar meesteres aanbracht.

'Dat weet ik wel, maar het is niet eerlijk! Ik heb nog steeds een spiegelbeeld. Alleen maar omdat alle anderen hier in huis te oud zijn om in een spiegel te kijken, hoef ik toch nog niet gestraft te worden?'

'Dat is waar, u heeft nog steeds een spiegelbeeld,' zei Esmeralda, die intussen doorging met het opbrengen van de make-up. 'Maar niet erg lang meer. Zodra u helemaal volwassen bent, en geen jongeling meer, zult u geen spiegelbeeld meer hebben. U weet dat het tegen de wet van de Synode is om een spiegel in bezit te hebben.'

Toen ze zich realiseerde dat ze dat argument op geen enkele manier kon weerleggen, besloot Lilith om het gesprek op een ander onderwerp te brengen. 'Heb je in die tijdschriften gekeken die ik je gegeven heb?'

'Ja, daar heb ik naar gekeken,' zuchtte de kleedster.

Ooit was Esmeralda de persoonlijke schoonheidsspecialiste geweest van het sletterige vriendinnetje van een of andere Franse koning en het was duidelijk dat ze er een hekel aan had dat haar de hele tijd de laatste nummers van *Vogue* en *W* onder de neus werden geschoven. Het was niet zo dat Lilith dacht dat Esmeralda het slecht deed; ze wilde er alleen hot uitzien, dat was alles. Een van de dingen die ze op school leerden waarvan Lilith moest toegeven dat het echt wel handig was, was dat het belangrijk was om de trends bij te houden en niet te blijven steken in één look. Als ze niet uitkeek, zou ze er straks nog uitzien als Carmens moeder, die zich nog steeds kleedde als een filmster uit de jaren veertig.

'Denk je dat je me er een beetje meer kunt laten uitzien als zij?' vroeg Lilith. Ze wees naar een foto van een stijlvolle jonge beroemdheid die over een rode loper liep.

Esmeralda wierp Lilith een heerlijk slechte glimlach

toe. 'Pfah! Ik kan u er zo laten uitzien dat zij op u lijkt!'

Lilith wilde giechelen, maar ze wist dat ze zich absoluut stil moest houden zodat Esmeralda haar werk kon afmaken. Het was tenslotte heel belangrijk dat ze er nog menselijker uitzag dan de mensen zelf, wanneer ze zich in hun wereld begaf.

'Goedemiddag, juffrouw Todd,' groette de portier. Hij hield de met koper beklede deur van de Balmoral voor Lilith open. 'U bent er vandaag vroeg bij, zie ik.'

Lilith knikte ter beantwoording van de opmerking van deze menselijke slaaf, maar verwaardigde zich niet hem te antwoorden. De meeste huurders in hun appartementengebouw aan Park Avenue hadden geen idee van de werkelijke aard van de bewoners van het penthouse, maar alle werknemers in het gebouw stonden onder leiding van haar vader.

De Rolls stond er, zoals altijd. De dagchauffeur had nog dienst en zat klaar om Lilith daarheen te rijden waar ze maar wilde. Hij tikte respectvol tegen de klep van zijn pet terwijl hij haar in de limousine liet stappen.

Zodra ze goed en wel zat, zocht Lilith in haar handtas naar haar telefoon. Ze zette hem aan en zag dat er een paar sms'jes op haar wachtten.

Het eerste was van Tanith, die vroeg of Liliths kater net zo erg was als die van haar; het tweede was van Carmen, die wilde weten of ze nog steeds van plan was om naar Dolce & Gabbana te gaan. Ze sms'te snel *ja* naar alle twee en toetste toen een voorkeursnummer in. Ze telde het aantal keren dat de telefoon overging; Jules nam op na de derde keer.

'Ik vroeg me al af wanneer je zou bellen,' zei hij met een slaperig lachje. 'Ik begon net te denken dat een stelletje Van Helsings je op weg naar huis te pakken had gekregen.'

'Jammer genoeg niet,' lachte Lilith. 'Heb ik je wakker gebeld?'

'Niet echt.' Jules onderdrukte een geeuw. 'Ik lag lekker nog wat in bed te luieren.'

'Alleen, neem ik aan.'

'Zullen we later in de Belfry afspreken?' stelde hij voor.

Lilith probeerde er geen aandacht aan te besteden dat hij niet teruglachte en ook niet reageerde op haar opmerking die suggereerde dat er misschien iemand bij hem in bed lag.

Ze hadden al vaker woorden gehad over haar jaloezie. De laatste keer dat ze er ruzie over gemaakt hadden, had hij gezegd dat als ze hem er nog één keer van beschuldigde dat hij vreemdging, hij het echt zou gaan doen.

In plaats daarvan antwoordde ze: 'Het is een beetje een lang verhaal, maar we zijn tijdelijk niet welkom in de club.'

'Wat?!' Jules klonk opeens helemaal niet meer slaperig.

'Lilith,' plaagde hij, 'je hebt toch niks stouts gedaan, hè?'

'Nee joh, het was niets, eigenlijk. Seb draaide een beetje door. Je kent hem toch? Over een paar dagen is alles vergeten en vergeven.'

'Ja, maar waar moeten we tot die tijd heen als we uitgaan?'

'Waarom gaan we niet naar de Village?'

'Tja, dat is wel een idee.'

'Hé, we zijn er! Ik moet gaan. Zie ik je later?'

'Later.'

Lilith klapte haar telefoon dicht terwijl de Rolls voor de D&G-winkel op de hoek van Madison en Sixty-ninth stopte. Ze zette haar enorme Fendi-zonnebril op en klom uit de limousine. Ze kon overdag best buiten lopen zonder dat ze bang hoefde te zijn dat ze veranderde in een aangebrande biefstuk, maar direct zonlicht deed wel pijn aan haar ogen.

'Ik piep je wel op als ik weer wil gaan,' zei ze tegen de chauffeur.

Lilith was gek op winkelen bij Dolce & Gabbana. Alles in de winkel was overdadig, van de kristallen deurknop en de gouden plafondlampen tot de kussens op de banken in de paskamers aan toe. Daar kwam bij dat de kleding die je er kon kopen een welkome afwisseling was voor die vreselijke uniformen die ze op school moest dragen.

Zodra Lilith de winkel in liep, stopten een paar winkelende mensen met wat ze aan het doen waren en keken naar haar. Daarna begonnen ze opgewonden met elkaar te fluisteren. Lilith realiseerde zich dat ze haar aanzagen voor een van de sterretjes bij wie de topontwerpers zo populair waren. Toen ze wat rond-neusde op de parfumafdeling, merkte ze dat een man van een jaar of dertig met een baard, die een beetje aan de kant stond, haar openlijk aanstaarde.

Lilith draaide zich naar hem toe en staarde terug. 'Waarom neem je geen foto?' snauwde ze. 'Daar kun je nog langer naar kijken.'

Anders dan de meeste ouwe viezeriken die van haar liepen te kwijlen, keek hij niet vlug van haar weg, maar glimlachte naar haar. 'Misschien doe ik dat wel, ooit,' zei hij en hij legde een visitekaartje omgekeerd op de glazen toonbank. Terwijl hij de winkel uit liep, zei hij: 'Veel plezier met winkelen, schat.'

Lilith pakte het kaartje op en draaide het om. Op de andere kant stonden, in letters die omhoogkwamen uit het papier, de woorden: *Kristof: fotograaf* en een tele-foonnummer. Ze voelde een steek van opwinding toen ze het kaartje in haar tas stopte.

'Lili!'

Lilith keek op en zag Tanith over de glanzende mo-zaïekvloer naar haar toe lopen.

Haar vriendin droeg een kersenrode Gucci-jurk, zil-veren hooggehakte schoenen en een Prada-zonnebril. 'Ik begon me al af te vragen of je me vergeten was,' zei Tanith.

Ze pakten elkaars handen beet en zoenden elkaar aan weerszijden van hun wangen.

'Alsof ik jou ooit zou vergeten,' giechelde Lilith. Ze haakte haar arm in die van haar vriendin. 'En, heb je al iets kunnen vinden?'

'Ik heb een lavendelkleurige zijden jurk apart laten hangen, maar ik wil dat jij erbij bent als ik hem pas. O, en ik heb nog een pauwblauwe cocktailjurk gezien die jou echt perfect zou staan! Hij is superkort.'

'Wat zou ik toch moeten als ik jou niet had om iets voor me uit te zoeken?' zuchtte Lilith.

'Hé, daar zijn vriendinnen voor, oké,' antwoordde Tanith.

'Het is zo'n raar idee dat we dit over een paar jaar niet meer kunnen doen,' zei Lilith treurig.

'Wat? Samen winkelen?' vroeg Tanith met een frons.

'Nee,' antwoordde Lilith, 'ik bedoel dit.' Ze tikte tegen de grote spiegel in de paskamer, voorzichtig, om hem niet te beschadigen. Net als die van alle vampiers waren Liliths keurig gelakte nagels uitzonderlijk hard, als klauwen. 'Tegen de tijd dat we vijfentwintig zijn, kunnen we onszelf niet meer zien in de spiegel. En anderen ook niet! Dat betekent niet meer winkelen op dit soort plekken, weet je.'

'Ja, dat is wel balen,' gaf Tanith toe, 'maar je moet er gewoon niet te veel aan denken. Het heeft geen zin om je druk te maken over dingen die je toch niet kunt veranderen. Ik kijk nu al bijna niet in de spiegel. En trouwens, je hebt altijd nog winkels zoals Sister Midnight's. Maar goed, je weet wat ze zeggen: grijp je kans zolang het nog kan!' Ze lachte.

'Ja, je zult wel gelijk hebben.' Lilith lachte een beetje zuur.

Tanith keek haar vriendin nieuwsgierig aan. 'Je lijkt een beetje down, Lili. Alles goed met jou en Jules?'

'Prima,' antwoordde Lilith met een afwerend gebaar. 'Ik heb gewoon nog een beetje last van gisteravond.'

'Ja, ik weet het. Man, wat had die vent gebruikt?' Tanith schudde haar hoofd.

'Jij en Sergei gaan trouwens wel lekker, lijkt het.'

'Ja, je kunt echt lol met hem hebben, maar het is verder niet serieus of zo, hoor. Hij is al beloofd aan een of ander meisje in het Oude Land dat hij zelf nog nooit gezien heeft. Maar hij is inderdaad erg sexy.' Tanith wurmde zich in de lavendelkleurige zijden cocktailjurk. 'En?'

'Die kleur staat je echt goed,' zei Lilith, terwijl ze haar kleren uittrok en de blauwe jurk aandeed. 'Ik wist niet dat Sergei al aan iemand beloofd was. Jammer. Jullie zijn een schattig stel.' Ze streek met haar handen over haar platte buik en haar heupen, terwijl ze eerst de ene en daarna de andere kant op draaide. Ze bewonderde hoe de lage, strakke halslijn haar decolleté beter uit liet komen. 'Je had gelijk; ik zie er echt geweldig uit in deze jurk.'

'Je hebt alleen nog een paar sexy schoenen nodig en klaar ben je,' zei Tanith. 'Weet je, Lilith, jij hebt echt geluk. Jij en Jules kunnen elkaar tenminste leren kennen voor jullie met elkaar verbonden worden. Het meisje aan wie Sergei beloofd is, kan er wel uitzien als een Orlock, weet hij veel.'

Lilith kon zich niet beheersen en barstte in lachen uit; snel sloeg ze haar handen voor haar mond. 'Zulke dingen moet je niet zeggen, Tanith,' zei ze zogenaamd boos. 'Je weet toch dat Exo familie van Jules is!'

Xander Orlock, Exo voor vrienden en familie, was een neef van Jules. Exo's moeder, Juliana, was de mooie jongere zus van Jules' vader, en de tweede vrouw van graaf Boris Orlock, patriarch van een van de oudste en machtigste families in de hele wereld. De Orlocks waren er om berucht dat ze binnen de familie trouwden om hun bloedrecht te behouden, dat onverdund terugging tot Urlok, een van de dertien Stichters. Dat Juliana met een Orlock getrouwd was, was een geweldige klapper voor de De Lavals geweest, ook al had al dat trouwen met familie ervoor gezorgd dat de graaf vreselijk lelijk was.

'Exo ziet er helemaal niet zo verkeerd uit, een beetje Mister Spock-achtig.' Tanith haalde haar schouders op. 'Ik dacht eigenlijk meer aan zijn vader, of die oudere broer van hem.'

'Brrr!' huiverde Lilith. 'Hou alsjeblieft op over hem. Alleen al als ik aan Klaus denk, krijg ik de kriebels. Ik ben blij dat ik straks alleen maar aangetrouwde familie ben van de Orlocks, geen bloedverwant.'

Ze gingen terug de winkel in om de kledingrekken door te pluizen op zoek naar nog meer prachtigs, toen Lilith Melinda op hen af zag lopen, met Carmen achter haar aan.

'Shoppen, dames!'

Voor de vier meiden klaar waren met kiezen en uitzoeken, was het een half uur na sluitingstijd. Hun platina creditcards hadden ervoor gezorgd dat de winkelmanager er geen problemen mee had om rond te blijven drentelen tot hij de deur ten slotte achter hen op slot kon doen.

De ondergaande zon glinsterde op hun goudkleurige plastic tassen toen ze voor de winkel op de stoep bij elkaar stonden.

'Wat nu?' vroeg Melinda.

'We kunnen naar mijn huis gaan om wat te drinken,' stelde Tanith voor. 'Mijn ouders gaan vanavond op reis naar Brazilië.'

'Goed plan!' grijnsde Lilith.

Melinda zei: 'Waarom gaan we niet lopen?'

'Klinkt goed,' vond Lilith. 'Ik stuur mijn chauffeur wel naar huis en bel Jules zodat hij en de jongens weten dat ze ook naar Tanith moeten komen. Dan rijden we met z'n allen in een paar auto's naar de Village. Dat wordt leuk!'

De meiden kletsten gezellig met elkaar terwijl ze in de invallende schemering naar Taniths huis wandelden. Ze liepen langs de overdadige winkels op Madison Square en alle hoofden keken hen na. Lilith en haar vriendinnen deden alsof ze alle aandacht niet opmerkten. Sommige mensen die aan het wandelen waren, staarden omdat ze dachten dat de ongelooflijk mooie en duur geklede jonge vrouwen modellen waren of Hollywoodsterretjes. Andere staarden uit begeerte. Slechts een handvol mensen staarde omdat ze de waarheid achter de maskers aanvoelden en niet in staat waren om weg te kijken, als vogels die worden gehypnotiseerd door het gewieg van een dansende cobra.

Toen Tanith een klein meisje was, zei ze vaak tegen mensen dat ze tegenover het beeld van Alice in Wonderland in Central Park woonde. Nu nam ze liever de Jimmy Choo-boetiek als referentiepunt. De meiden keken nauwelijks naar de fabelachtige schoenen in de etalage toen ze de hoek van Sixty-third en Fifth Avenue omsloegen.

Toen de liftdeur bij het penthouse openging, stonden er drie ondode bedienden in de hal bij massa's bagage. De meiden stapten uit en de bedienden liepen zonder een woord te zeggen de lift in.

'Verdorie,' kreunde Tanith. 'Ze zijn er nog!'

'Niet veel langer meer,' zei haar vader droog terwijl hij hun appartement uit kwam lopen. Met zijn golvende donkere haar en zware oogleden zag Dorian Graves eruit alsof hij zo van het omslag van een griezelroman-netje af was gestapt. Hij kuste Tanith vluchtig op haar wang. 'Wees een brave meid en beloof me dat je het huis niet laat afbranden terwijl wij weg zijn, oké?'

'Alleen als u belooft dat u iets glinsterends voor me meeneemt.'

'Doe ik dat niet altijd al?' lachte hij. 'Goed, ik ben bang dat ik ervandoor moet. Je moeder is al beneden. We zijn in de loop van volgende week terug. Tot ziens, jongedames.' Hij knikte als een echte gentleman naar de vriendinnen van zijn dochter en stapte de lift in.

'Zo, dat hebben we ook weer gehad,' zei Tanith met een zucht van opluchting toen de deuren achter haar vader dicht waren gegleden. 'Maak het jezelf gemak-kelijk en doe alsof je thuis bent.'

'Echt wel,' grijnsde Lilith. Ze liet haar tassen op de grond vallen, schopte haar schoenen uit en wriemelde met haar gepedicuurde teennagels door het weelderige vloerkleed.

Tanith liep naar de bar in de hoek, waar haar vader de dure drank bewaarde. Ze opende de koelkast en haalde er een zak A-negatief gemixt met brandy uit, terwijl Carmen en Melly zich op de leren bank lieten vallen.

Tanith schonk het bloed in vier kristallen cognac-glazen en gaf er een aan elk van haar vriendinnen.

'Op ons.' Lilith hield haar glas vrolijk omhoog.

'Op ons,' echoden Tanith, Carmen en Melinda en ze

proostten met hun glazen.

'Op de vampierprinsessen van New York City. Dat we maar lang aan de macht mogen blijven!'

HOOFDSTUK 3

'En, waar gaan we vanavond heen?' vroeg Melinda. Ze liet een muntje op de koffietafel stuiteren en miste maar net het sapglas van Waterford-kristal, dat in het midden stond.

'Washington Square Park,' meldde Jules, terwijl hij met een geoefende vingerbeweging het muntje precies in het lege glas terecht liet komen. 'Yes!' Hij grijnsde. Hij bestudeerde de anderen even, alsof het een zaak van leven of dood was, en wees toen op Lilith. 'Het is Lili's beurt.'

'Met alle plezier,' lachte Lilith. Ze pakte het glaasje met O-positief en tequila. 'Hier, zo goed?' zei ze en ze goot het drankje in één teug naar binnen.

'Oké, maar omdat ik hem er in één keer in heb laten stuiteren, mag ik nog een keer,' zei Jules. Hij pakte het muntje weer uit het glas.

'Wanneer kunnen we nu eindelijk eens gaan?' vroeg

Lilith verveeld. Na gisteravond kon ze niet wachten om weer op jacht te gaan.

Jules stopte even om op zijn horloge te kijken. 'Nou ja, het is al wel laat genoeg. We kunnen best gaan, want het duurt ook nog even voor we er zijn. Ik weet een nieuwe club waar we later naartoe kunnen.'

'Cool. Ik zeg het even tegen Tanith.' Lilith liep naar Tanith en Sergei, die languit op het tapijt lagen te zoenen. Ze schopte zachtjes met haar blote voet tegen Taniths heup. 'Kom op, jullie twee, effe dimmen! We gaan de deur uit.'

Met tegenzin rukte Tanith zich los van Sergei en ze glimlachte dromerig naar Lilith. 'Ik begon juist in de stemming te komen.'

'Is het wel veilig, denk je?' vroeg Sergei.

'Maak je je nog steeds druk over Van Helsings?' Lilith giechelde. 'Dat is gewoon een of ander spookverhaal dat volwassenen vertellen om ons bang te maken en de pret te bederven.'

'Ik weet het niet, hoor… Mijn grootvader is gedood door Van Helsings,' zei Sergei.

'Wat is er, Sergei?' zei Tanith liefjes. 'Ben je bang dat de grote boze vampierjagers jou ook te pakken krijgen? Kom op, hoe lang is dat geleden? Vijfenzeventig, honderd jaar?'

'Honderdtwintig,' gaf hij toe.

'Zie je nou wel? Oud nieuws!' beweerde Lilith. 'Wanneer heb je voor het laatst gehoord dat Van

Helsings iemand gespietst hebben in de straten van New York? En dan bedoel ik niet een ondode; ik bedoel een van ons.'

'Lilith heeft gelijk,' zei Tanith met een glimlach. 'Je hoeft je nergens druk om te maken. Het ergste wat er kan gebeuren, is dat we een stelletje Nieuwbloeden tegenkomen omdat het open territorium is.'

Het was even stil terwijl de vrienden voorzichtige blikken uitwisselden om te zien of iemand bang was om het tegen Nieuwbloeden op te nemen. Niet dat een van hen dat zou durven toegeven. Dat zou net zoiets zijn als wanneer leeuwen zouden toegeven dat ze bang waren voor hyena's.

Oudbloedfamilies claimen oeroude bloedrechten; de absolute controle over legioenen van ondoden en daarmee enorme macht en rijkdom. De bloedrechten van de Nieuwbloeden zijn zelden meer dan drie of vier generaties oud, waardoor ze minder machtig zijn en sociaal inferieur. De reden voor hun rivaliteit is simpel: hebzucht.

Het gaat allemaal terug naar het vroegste begin, toen honderd broers uit de hel van hun geboorte naar de aarde werden geroepen. De broers vochten genadeloos met elkaar in een poging om de ultieme heerser van de mensenwereld te worden. Ze deinsden nergens voor terug; ze dronken zelfs het bloed van hun gevallen familieleden om hun macht te vergroten.

Ze bleven elkaar afslachten tot er nog maar dertien

overlevenden waren. Op dat moment realiseerden ze zich dat ze op het punt stonden uit te sterven, en dus besloten de overgebleven broers, de Stichters, om de wereld onder elkaar te verdelen en op die manier het ras der vampiers over alle hoeken van de wereldbol te verspreiden.

Naarmate de tijd verstreek en hun aantal weer langzaam toenam, stak jaloezie tussen de broers weer de kop op en leidde tot rivaliteit en vendetta's. Elke keer wanneer een patriarch door een rivaal gedood werd, kregen zijn nabestaanden de keuze: een vazal worden van degene die hun vader gedood had, of proberen hun erfgoed opnieuw op te bouwen als Nieuwbloeden.

De meeste ruilden hun vrijheid in voor bescherming. Degenen die ervoor kozen om opnieuw te beginnen als Nieuwbloeden, werden daardoor kwetsbaar voor aanvallen van zowel mensen als vampiers. Hierdoor bleven de Nieuwbloeden duizenden jaren lang zwak en niet echt belangrijk.

Tot Danton Gris ongeveer zeshonderd jaar geleden een aantal Nieuwbloedfamilies bij elkaar wist te brengen in de Nieuwbloed Alliantie. Ze kwamen met elkaar overeen om te stoppen met op elkaar te jagen en om de ander te hulp te schieten wanneer hij werd aangevallen door Oudbloedvijanden. Het duurde niet lang voor allerlei vazallen hun heren aan wie ze trouw hadden gezworen in drommen in de steek lieten, wat leidde tot een oorlog die een eeuw duurde en eindigde met de ondertekening van het Sangfroid-verdrag. Sinds die tijd leefden de Nieuwbloeden en Oudbloeden met tegenzin naast elkaar.

'Wat doen we als we groentjes zoals wij tegenkomen?' vroeg Oliver. Hij verbrak daarmee de gespannen stilte. 'Ik heb gehoord dat Nieuwelingen gemene vechters zijn.'

'Laat iemand maar eens proberen om iets met mij uit te halen.' Lilith stak haar kin arrogant omhoog.

'Heb jij wel eens met een Nieuwbloed gevochten, Lilith?' vroeg Oliver.

'Nee,' antwoordde ze. 'Tenzij je de zusjes Maledetto meetelt.'

'Dat is niet eerlijk,' zei Melinda. 'De vader van Bella en Bette is misschien wel een Nieuwbloed, maar hun moeders bloedrecht gaat helemaal terug tot Aeneas.'

'Ja, maar slechts een van de twee gaat dat van haar erven,' wist Carmen.

'Hé, wij kunnen ze heus wel aan,' zei Jules, die het getreuzel zat was.

Lilith sloot zich meteen bij hem aan. 'Ik ben wel in voor het tappen van wat vers bloed. Wie doet er met me mee?' Ze grijnsde toen al haar vrienden in een rauw gejuich uitbarstten.

'Dat dacht ik al.'

Elke vampier leert van jongs af aan dat de makkelijkste prooi een straathoer of een drugsdealer is. Dat soort mensen is het gewend om door vreemden benaderd te worden. Het kost weinig overredingskracht om ze met je mee te laten gaan naar een afgelegen plek. En als een van hen verdwijnt, maakt niemand zich er druk om. Toegegeven, soms zijn er individuen met gespecialiseerde vaardigheden nodig, maar de grote meerderheid van ondoden die de waargeborenen dienen, bestond ooit uit niet veel meer dan criminelen, hoeren, verslaafden en dealers.

En dat was de reden waarom Lilith en haar vrienden met Jules' Mercedes en Taniths Bentley naar Washington Square reden, op zoek naar de kick.

'Mijn vader zou bloed spugen als hij wist wat ik aan het doen was,' lachte Lilith. 'Ik ben zo'n stoute meid.'

'Stout, ja; maar ook lekker.' Jules grinnikte en liet een hand onder haar rok glijden, waar hij haar dij begon te strelen.

'Ik ben gek op lekker vers bloed scoren, jij niet?' kirde Lilith. Ze liet haar hoofd op Jules' schouder zakken en verschoof iets om het zijn hand wat makkelijker te maken. 'Het is zo spannend: ik word er helemaal opgewonden van dat we een echt, levend slachtoffer in de val gaan lokken.'

'Ik ook…' Jules streek met zijn vingers langs het elastiek van haar slipje van Agent Provocateur.

'Niet nu, Jules,' zei Lilith en ze gleed onder zijn greep vandaan. 'Later. Na de jacht.'

Jules' ogen flitsten alsof hij zijn zin wilde doordrij-
ven, maar toen glimlachte hij en haalde zijn hand tussen haar benen weg. 'Wat je wilt, schatje.'

Lilith keek uit het raampje en zag dat de Mercedes
gestopt was en dat ze een paar blokken van hun be-
stemming geparkeerd stonden. 'We zijn er!' schreeuwde ze triomfantelijk. Ze reikte naar voren en opende
het portier voordat de chauffeur dat voor haar kon
doen. Ze keek over haar schouder en zag de anderen
uit Taniths Bentley stappen.

'Pak me dan, als je kan,' gilde Lilith. Ze schaterde toen
haar vrienden haar achternakwamen; hun geschreeuw
en gelach echode door de nauwe, hoekige straten van
Greenwich Village.

Het was al na tweeën, maar de straten waren nog lang
niet verlaten. Er waren nog genoeg jonge mensen die la-
chend en pratend naar allerlei clubs en nachtrestaurants
gingen. Voor zover een normale toeschouwer dat kon
zien, waren Lilith en haar vrienden gewoon het zoveelste
luidruchtige groepje jongens en meiden die na een avond
feesten op de weg terug waren naar hun studentenflats.

Ze grinnikten en lachten nog steeds met elkaar en liepen naar de triomfboog aan het begin van Fifth Avenue
en Washington Square North. Het witmarmeren monument zag er in het dramatische licht van strategisch
geplaatste spots uit als een gigantische grafsteen.

Er stonden lantaarns langs het pad, maar toch was het
in het park zelf aanzienlijk donkerder dan in de buurt

eromheen. Toen de vampiers onder de boog door naar het grote, lagergelegen bassin met de fontein midden op het plein liepen, konden ze op z'n minst een stuk of twaalf mannen zien rondhangen bij de metalen banken die langs het pad om de fonteinmuur stonden. Deze schimmige figuren met hun laaghangende broeken, sportschoenen en sweatshirts met capuchons waren de echte koningen van Washington Square Park.

Zonder twijfel dachten de dealers ook dat Lilith en haar vrienden het zoveelste groepje dronken feestvierders waren op zoek naar drugs. Lilith glimlachte bij het vooruitzicht van de verraste en angstige blik op het gezicht van de prooi als eindelijk de waarheid tot hem doordrong.

Jules gebaarde dat ze dichter bij elkaar moesten gaan lopen. Ze zochten dekking achter een groepje bomen en een laag hek met een bordje waarop *Het gras niet betreden* stond. Zoals gewoonlijk wilde hij de rol van leider van de jacht spelen en de regels voor de anderen opstellen.

'Een van ons gaat erheen en verleidt de prooi ertoe om mee te gaan naar een afgelegen plek, daarna gaan we er met z'n allen op af. Extra punten voor trofeeën – persoonlijke dingen – van de prooi. Drugs tellen niet. Oké, dat zijn de basisregels. Wie wil lokaas zijn?'

'Ooo, ooo! Ik!' zei Lilith. Ze zwaaide met haar armen alsof ze in de klas haar leraar smeekte om haar een beurt te geven.

'Oké, prima. Lilith is lokaas,' zei Jules met een lach.

Ze draaide zich om en tuurde tussen de bomen door naar de mannen die aan de westkant van de fontein rondhingen. Op een bankje zag ze een dikke donkere man met een grijze baard zitten, met naast hem een I ❤ *New York*-tas vol stapels kranten en weggegooide etensdoosjes.

Ieuw! Ze ging echt niet achter een of andere oude, vieze vent met een boeddhabuik aan. Degene die ze uitkoos, moest op z'n minst jong en in goede conditie zijn.

Ze richtte haar blik op een lange, dunne dealer die tegen een van de grote, uit graniet gehakte uitsteeksels leunde die, als de punten op een kompas, in de muur rond de fontein geplaatst waren. Zijn gezicht was van haar weggedraaid en zijn handen zaten verstopt in de zakken van zijn donkerblauwe sweatshirt.

Zodra ze hem naderde, draaide het hoofd van de dealer rond als een radarschotel. Daar klonk het al, met de alomtegenwoordige stem van een dealer: 'Hasj? Hasj?'

Lilith stopte en keek hem aan, maar ze zei niets.

De dealer interpreteerde dit als interesse van een mogelijke klant en wenkte haar dichterbij. 'Hoeveel?'

Lilith liep niet naar hem toe, maar schonk hem in plaats daarvan een flauw glimlachje. Ze zag de blik op zijn gezicht veranderen; was die eerst nog puur zakelijk, nu sprak er het vooruitzicht en de hoop op plezier uit.

'Ben je op zoek naar meer, schatje? Want wat het ook

is, ik heb het voor je,' schepte hij op.

Lilith kon het bijna niet nalaten om iets kattigs te zeggen, maar ze durfde niet te praten uit angst dat ze haar concentratie zou verbreken. De gemakkelijkste manier om een geest te controleren is door ervoor te zorgen dat de prooi je uit eigen wil in de ogen kijkt. Het is dus een aanzienlijk voordeel wanneer je er knap uitziet.

Terwijl de dealer naar het aantrekkelijke jonge meisje voor hem staarde, realiseerde hij zich plotseling dat hij zijn ogen niet meer van haar kon afwenden. Het was alsof de hele wereld gekrompen was tot haar pijnlijk perfecte ovale gezicht en haar ogen, die in de duisternis leken te glimmen als die van een kat.

Lilith dacht zo hard ze maar kon: *kom met me mee.*

Zijn armen en benen waren gevoelloos, alsof ze verdoofd waren, maar toch voelde de dealer de aandrang om met deze vreemde engel mee te lopen, waar ze hem ook naartoe zou brengen.

Lilith glimlachte in zichzelf toen hij op haar af begon te lopen. Maar voordat haar prooi zijn tweede stap zette, draaide hij zijn hoofd plotseling opzij, alsof hij iemand zijn naam hoorde roepen. En toen deed hij een stap terug.

Wat in hemelsnaam…

Op de een of andere manier was zijn geest ontsnapt aan haar controle. Dit hoorde absoluut niet te gebeuren, zeker niet bij haar. Lilith fronste haar voorhoofd en verdubbelde haar concentratie.

Kijk naar me.

De dealer draaide langzaam zijn hoofd naar haar terug en Lilith kon zien dat zijn ogen vaag stonden en
zijn kaak slap hing; duidelijke tekenen dat de prop wel
gehypnotiseerd was.

Kom met me mee.

De dealer deed opnieuw een stap in haar richting,
maar stopte meteen weer en wiebelde op zijn ene voet,
alsof hij een spelletje deed.

Liliths gezicht werd warm van frustratie. Ze wist zeker dat de anderen zich rot lachten, terwijl ze vanuit
hun verstopplek in de schaduw naar haar keken.

NU!

Haar bevel echode in het hoofd van de dealer als een
rondzingende elektrische gitaar en hij sprong naar voren alsof iemand hem stak met een hooivork. Maar een
fractie van een seconde later sprong hij weer naar achteren; hij sloeg zo hard tegen het granieten rotsblok dat
het leek alsof de hand van een geest hem ertegenaan
kwakte.

Boos probeerde Lilith te bedenken wat er aan de
hand kon zijn. De manier waarop haar prooi bewoog,
leek meer op die van een marionet aan touwtjes dan
van een dier dat aan een roofdier probeert te ontko-
men. Maar waar kon dat door veroorzaakt worden?

Net toen het tot Lilith doordrong dat ze misschien
niet de enige was die in het hoofd van de dealer zat,

stapte er een meisje dat ze nog nooit gezien had van achter het rotsblok vandaan. Ze was gekleed in een grijze strakke broek, paarse laarzen, een lang zwart shirt en een kort, verschoten zwart leren jack. Haar bruine haar was lang en ze had vreemde groene ogen. Met haar volle lippen en hoge jukbeenderen zag ze eruit als een half verwilderd elfje. Met een schok realiseerde Lilith zich dat ze oog in oog stond met een Nieuwbloed.

'Deze is van mij!' gromde de Nieuwbloed. Ze wees naar de dealer, die als een opgeprikte vlinder tegen het rotsblok stond. Er liep kwijl uit zijn mond.

'Rot op, slet,' siste Lilith. Ze ontblootte haar tanden in een rituele uitdaging. 'Hij is van mij!'

'Rot jij maar op, bitch,' snauwde de Nieuwbloed als antwoord. Haar ogen glommen. 'Ik was hier eerst.'

Lilith stapte naar voren met gebalde vuisten. 'Hoe durf je zo tegen me te praten! Weet je dan niet wie ik ben?'

'Tuurlijk,' grijnsde de Nieuwbloed spottend. 'Jij bent de verwaande rijke trut die ik zo een lesje ga leren.'

De twee staarden elkaar aan terwijl ze om elkaar heen cirkelden als twee boksers in de ring. Gretig haalde Lilith uit naar haar tegenstandster; ze wilde niets liever dan de kleren en het vlees van de Nieuwbloed met haar scherpe klauwen aan flarden scheuren. Maar de Nieuwbloed bleek onverwacht snel; ze stapte opzij met de gratie van een stierenvechter. Lilith draaide zich vliegensvlug om, verrast door het reactievermogen van haar onbekende tegenstandster.

De Nieuwbloed lachte om de verraste uitdrukking op Liliths gezicht. 'Jullie Oudjes kunnen een aardig spelletje spelen, maar als het erop aankomt, ben je gewoon een watje!' De lach van de Nieuwbloed veranderde abrupt in een gil van pijn toen Lilith haar nagels in de zij van haar rivaal plantte.

'Het eerste bloed is voor mij!' sneerde Lilith toen ze haar hand lostrok. 'Wie is er nu een watje, groentje?'

De Nieuwbloed wankelde en drukte haar rechterhand tegen haar zij. Helderrood bloed stroomde tussen haar vingers door. Haar lichaam was al bezig zich te herstellen, maar ze was de komende minuten kwetsbaar voor een nieuwe aanval; meer dan genoeg tijd voor Lilith om de doodsklap uit te delen. De ogen van de Nieuwbloed draaiden weg in hun kassen tot alleen nog het wit te zien was.

'Wat is er aan de hand, Nieuweling?' zei Lilith uitdagend. 'Je gaat toch niet flauwvallen, hè?'

Als de Nieuwbloed al een antwoord had op Liliths gehoon, dan ging het verloren in de gierende wind, die plotseling elk papiertje en weggegooid blikje op het plein omhoogwierp in een wervelwind van zand en vuil. Zelfs de laatst overgebleven dealers maakten nu dat ze uit het park wegkwamen.

Lilith hief haar armen om haar gezicht tegen de bijtende wind te beschermen en zag Tanith en Jules vanuit hun schuilplaats naar haar toe rennen.

Met haar ogen nog steeds weggedraaid hief de Nieuwbloed een hand, alsof ze naar een onzichtbaar touw reikte, en maakte een vuist. Er klonk een geluid alsof iemand door droge herfstbladeren rende en rond haar vuist verscheen plotseling een wolk van bleekblauw licht.

'Lilith!' schreeuwde Tanith boven het gebrul van de wind uit. 'Maak dat je wegkomt! Ze is een stormverzamelaar!'

Lilith draaide zich om en staarde naar haar tegenstandster. Die hield nu een bal van blauwwitte bliksem in de palm van haar hand. Liliths bravoure van zo-even maakte plaats voor angst. Vampiers zijn weliswaar immuun voor alle menselijke ziektes en hebben herstellende krachten die ervoor zorgen dat alle wonden, behalve onthoofding of een staak door hun hart alleen maar ongemakkelijk zijn, maar elektriciteit kan ze doden.

Ze deinsde terug voor de Nieuwbloed en zag Jules naar haar toe rennen. 'Jules! Help me!' schreeuwde ze.

Liliths geschreeuw verbrak de concentratie van de Nieuwbloed; haar ogen rolden terug als de wieltjes in een fruitautomaat. De stormwind ging ogenblikkelijk liggen, maar in haar hand had ze nog steeds een bol knetterende bliksem.

De dealer, die plotseling bevrijd werd uit zijn trance, werd abrupt wakker en vluchtte de duisternis achter de cirkel van licht in. Op hetzelfde moment sprong de zwaargebouwde dealer met de baard die op het bankje had gezeten, overeind en trok een kruisboog uit zijn boodschappentas.

'Van Helsings!' waarschuwde Jules.

'Lilith, kijk uit!' gilde Tanith.

Lilith rende naar haar vrienden toe en keek net op tijd over haar schouder om te zien dat de vampierjager zijn wapen op haar afvuurde. Instinctief wierp ze zich in de laatste seconde opzij; de pijl vloog zo rakelings langs haar heen dat hij haar ribben schampte. Tanith had niet zo veel geluk. Ze sloeg tegen de grond als een vallende pop; de schacht van de pijl stak uit haar borst omhoog.

Lilith viel op haar knieën op de grond naast haar vriendin. 'Sta op, Tanith! Je moet opstaan!'

Net toen de vampierjager zijn wapen ophief voor een tweede schot, wierp de Nieuwbloed met een snelle polsbeweging de bolbliksem naar hem toe. Meteen daarna draaide ze zich om en vluchtte. Ze verdween in de schaduwen en keek niet meer om.

Er klonk een afschuwelijke schreeuw, gevolgd door de geur van verbrand vlees en haren, toen de bolbliksem de vampierjager midden op zijn borst raakte. Hij liet zijn kruisboog vallen en viel op de grond, waar hij schokkend bleef liggen.

Jules stond beschermend over Lilith heen terwijl zij naast Taniths lichaam knielde, en scande de omgeving om te zien of er nog meer Van Helsings waren. Hij had het nog nooit tegen ze hoeven opnemen, maar Jules wist dat vampierjagers nooit alleen reisden. Inderdaad zag hij er nog drie, gekleed als drugsdealers, die op hen af renden vanaf de andere kant van het park. Elk van hen was gewapend met een kruisboog.

'Het is een hinderlaag!' schreeuwde Jules en hij trok Lilith overeind. 'Laat Tanith maar. Ze is dood! We moeten weg uit…'

Voor hij zijn zin kon afmaken, schoot de dichtstbij-zijnde naderende Van Helsing op hem. De jonge vampier brulde van pijn en sprong op zijn aanvallers af met ontblote tanden en klauwen.

De Van Helsings deinsden instinctief achteruit en schreeuwden toen een monster met de vleugels van een vleermuis en het gezicht van een man op hen af dook. Uit zijn dij stak een pijl.

Met zijn geklauwde voeten greep Jules de boog van de vampierjager en sleurde die samen met zijn eigenaar de lucht in.

'Schiet hem neer!' riep de Van Helsing terwijl hij zich aan Jules' greep probeerde te ontworstelen. 'Het kan me niet schelen of je mij raakt; schiet hem neer!'

Jules maakte een scherpe bocht en liet zijn tegen-stribbelende passagier los, waardoor de Van Helsing met een klap tegen een parkbankje aan vloog. Terwijl de andere vampierjagers hun metgezel te hulp schoten, verdween Jules de nachthemel in, Lilith aan haar lot overlatend.

'Shit, de stormverzamelaar is ontsnapt,' gromde de vampierjager terwijl hij overeind krabbelde.

'Alles goed, Drummer?'

'Ik overleef het wel.' Zijn rechterarm voelde aan alsof hij uit de kom was gerukt en Drummer was er vrij zeker van dat hij op z'n minst één gebroken rib had, maar gezien de omstandigheden was hij er lang niet slecht afgekomen. 'Maak je om mij maar geen zorgen. Help Big Ike liever.'

Rémy, de oudste van de twee, rende naar het lichaam van de oude man en voelde zijn pols. 'Hij is ernstig verbrand, vooral zijn handen, maar hij leeft nog. Een geluk voor hem dat hij schoenen met rubberzolen droeg.'

'Bel Opruiming,' gromde Drummer. 'Zeg ze dat we een gewonde hebben.'

'En zij?' Kevin wees naar het slappe lichaam van de vampier op de grond.

'Je weet hoe het gaat,' antwoordde Drummer. 'Zuigers houden ervan om zich dood te houden. Check of ze echt dood is.'

'Oké,' antwoordde Kevin. Hij trok zijn mes uit de schede en duwde voorzichtig met zijn laars tegen het lichaam. 'Weet je, ik heb een zuiger nog nooit een tornado zien oproepen. Of in een vleermuis zien veranderen, of wat het dan ook was.'

'Dat komt omdat je het tot nu toe alleen tegen ondoden hebt opgenomen,' legde Drummer uit. 'Ondoden kunnen niet van gedaante veranderen, of het weer beïnvloeden. Vanavond stonden we tegenover echte vampiers. Oudbloeden, waarschijnlijk.' Hij fronste zijn wenkbrauwen toen hij naar het dode meisje keek. De vampier zag er verontrustend jong en aantrekkelijk uit; ze was waarschijnlijk niet ouder dan zestien of zeventien. Hij krabde verward op zijn hoofd. 'Dat is gek. Ik zou durven zweren dat die zuiger iets blauws aanhad…'

'Bedoel je zoiets?' vroeg Rémy. Hij hield de gescheurde overblijfselen van een pauwblauwe jurk omhoog.

'Waar heb je dat gevonden?' vroeg Drummer wantrouwig.

'Het lag daar, vlak naast de fontein.' Voor Rémy zich kon omdraaien om aan te wijzen waar hij het kapotte kledingstuk had gevonden, hoorde hij een diep, keelachtig gegrom dat maakte dat hij stokstijf stilstond.

Plotseling sprong er in een explosie van koud water een enorme wolf met doordringend blauwe ogen uit de vijver rond de fontein. Het staartloze beest sloeg Rémy tegen de grond.

'Schiet haar neer!' schreeuwde Drummer. Hij vuurde zijn kruisboog af op het vluchtende wezen. 'Ze gaat ervandoor!' Zijn pijl kwam niet ver genoeg en sloeg tegen de grond zonder schade aan te richten, terwijl de monsterlijke wolf in de straten verdween.

'Shit!' snauwde Drummer. Hij smeet zijn kruisboog op de grond, ondanks de pijn in zijn schouder. 'De baas gaat door het lint als-ie dit hoort.'

HOOFDSTUK 4

Cally Monture schudde vol afschuw haar hoofd terwijl ze de trap naar de ondergrondse af rende. Wat had ze eigenlijk gedacht? Ze had de prooi over moeten laten aan die bimbo in haar vreselijke blauwe jurk. Maar nee, ze had haar trots niet opzij kunnen zetten en nu moest ze rennen voor haar leven. Oma had haar ervoor gewaarschuwd dat ze zich in spannende situaties niet moest laten overdonderen, en zoals altijd had ze ook nu weer gelijk gekregen. Cally was blij dat de oude vrouw er niet meer was om te zien hoe ze er een zooitje van had gemaakt; maar alleen een heel klein beetje, want ze miste haar grootmoeder vreselijk.

Ze hing al maanden in het park rond, maar dit was de eerste keer dat ze echt in de problemen was gekomen. Ze had haar plannen voor de avond waarschijnlijk wel bijgesteld als ze geweten had dat ze niet alleen Oudbloeden maar ook Van Helsings zou tegenkomen.

De Van Helsings hadden de reputatie vreselijk fanatiek te zijn en Oudbloeden neigden naar wraakzuchtigheid, dus beiden waren uitzonderlijk gevaarlijke vijanden. Cally was blij dat haar oma haar verzet uiteindelijk had opgegeven en haar voor haar dood toch nog een paar betoveringen had geleerd. Nu kon ze zichzelf in ieder geval verdedigen, tot op zekere hoogte. Maar toch, ze had ontzettend veel geluk gehad dat de Oudbloeden nog maar jonkies waren, net als zijzelf. Als het volwassenen waren geweest, was ze waarschijnlijk gedood, stormverzamelaar of niet.

Terwijl ze met grote passen richting de trap naar de perrons liep, keek ze om zich heen of ze gevolgd werd. Aangezien Van Helsings en vampiers er niet van hielden om de aandacht op zich te vestigen op openbare plekken, was ze waarschijnlijk veilig zolang ze ervoor zorgde dat er voldoende getuigen in de buurt waren.

Ze leunde naar voren in de hoop dat ze de volgende trein uit het centrum zou zien aankomen, toen ze een sexy jongen opmerkte die ook op de trein stond te wachten. Hij droeg een trendy strakke broek en een spijkerjasje, en aan de pasvorm van zijn T-shirt te zien was hij goed getraind. Hij deed alsof hij in zijn boek las, maar Cally kon zien dat hij haar stiekem bekeek.

Hij was gladgeschoren en had een grote, expressieve mond, donkerbruine ogen en golvend roodbruin haar. Hij leek misschien achttien of negentien, maar straalde een volwassen ernst uit die Cally meestal associeerde met jongens van in de twintig. Of misschien was hij gewoon emo.

Toen hij weer een keer opkeek uit zijn boek, kruiste zijn blik die van Cally. Op het moment dat ze elkaar in de ogen keken, voelde ze een lichte tinteling, net zoals wanneer ze bliksem opriep. Gedurende een heel kort ogenblik, niet meer dan een hartslag lang, was het alsof de lucht tussen hen in knetterde van energie. Ze glimlachte naar de vreemdeling, maar hij bloosde en stak zijn neus snel weer in zijn boek. Ja, zeker weten emo.

Op elk ander moment zou ze met hem geflirt hebben – in ieder geval een beetje – maar toen de lichten in de tunnel van rood op groen sprongen, vergat Cally haar aanbidder direct. Zodra haar trein langs het perron stopte, stapte ze in en zocht een plekje naast de deur. In het treinstel zat een handvol mensen; de meeste waren op weg naar huis na een lange avond stappen.

Toen ze een paar haltes later uitstapte, meende ze de jongen in de strakke broek uit het volgende treinstel te zien komen. Ze draaide zich om om beter te kijken, maar zag niemand. Ze zette hem uit haar gedachten en rende de trap op naar haar volgende trein.

Nu er genoeg afstand was tussen haar en haar mogelijke vijanden, nam Cally de tijd om snel het geld te tellen dat ze vanavond binnengebracht had. Ze was teleurgesteld toen ze ontdekte dat het nauwelijks tweehonderd dollar was. Normaal gesproken wist ze zeker twee keer dat bedrag te scoren van de dealers in het park. Ze fronste haar wenkbrauwen en stak de bankbiljetten terug in haar bh.

Ze had cash nodig voor noodgevallen. En ze had geen waarzegger nodig om haar te vertellen dat die zouden komen.

Haar vader stuurde weliswaar regelmatig geld, maar haar moeder wist dat te verpatsen aan allerlei dingen die ze 'moest' hebben, zoals een gigantische lcd-tv of een tweedaagse behandeling in een kuuroord. Het betalen van de elektriciteitsrekening of de hypotheek van hun flat kwam daardoor meestal op Cally neer. Cally vroeg zich even af wat er met haar moeder zou zijn gebeurd als zij degene was geweest die vanavond de pijl uit de kruisboog had opgelopen. Maar die gedachte was zo verontrustend dat ze hem meteen weer wegduwde.

Het heeft geen zin om je druk te maken over dingen die niet gebeurd zijn, zei ze tegen zichzelf. Zorg nu maar gewoon dat je thuiskomt, dat is het enige wat belangrijk is. Nog maar één trein en dan ben je veilig thuis.

Achter haar klonk het geluid van een slepende schoen over het beton. Cally draaide zich om en zag een man de trap over het spoor af komen. Paniek overspoelde haar. Ze keek om zich heen en zag dat ze alleen op het perron was.

Ze dook achter een van de stalen zuilen die langs het perron stonden en drukte zich tegen het koude metaal.

De voetstappen kwamen dichterbij. Ze zocht koortsachtig het perron af naar een betere schuilplaats, maar er was geen enkele andere plek waar ze zich kon verstoppen.

Was ze maar wat meer ervaren in dit soort dingen. Ze was nog niet genoeg hersteld na het gebeuren in het park om meer te verzamelen dan een stevige bries. Dat betekende dat ze moest vertrouwen op wat er maar aan wapens in de buurt was. Cally strekte haar geest uit en wist contact te maken met iets bruins en harigs heel dichtbij.

Zodra de man onder aan de trap was, sprong er uit het niets een enorme rat tevoorschijn, zo groot als een kat en met ogen die glansden als gepolijste stenen. Het dier verhief zich op zijn achterpoten en maakte een kwaad, krijsend geluid.

'Jezus, wat…' schreeuwde de vreemdeling terwijl de rat plotseling langs zijn been omhoogschoot. 'Ah! Ga van me af! Help!' Hij sloeg naar het woedende roofdier, dat met zijn gelige tanden naar hem beet, maar het beest liet zich niet afschrikken en vloog hem een seconde later naar de keel. Terwijl de man probeerde zijn ogen te beschermen tegen de flitsende tanden en de vuile klauwen, verloor hij zijn evenwicht en viel van de rand van het perron. Zodra hij de grond raakte, sprong de rat van hem af en rende terug de duisternis van de tunnel in. Zijn slachtoffer liet hij verdoofd en kreunend achter op de rails, met bloedende wonden op zijn handen en in zijn gezicht.

Cally tuurde over de rand van het perron en herkende met een schok de jonge man die ze eerder gezien had, de jongen met wie ze de onverwachte verbinding had gevoeld. De angst voor haar eigen leven veranderde plotseling in schrik. Ze had de rat tegen de vreemdeling opgehitst in de hoop dat hij afgeleid zou worden en zij weg kon rennen. Ze had niet verwacht dat hij ernstig gewond op de rails terecht zou komen.

'Wat heb ik gedaan?' kreunde ze.

Een gerommel in de verte, een plotselinge vlaag tocht en een wervelwindje van vuil dat uit de tunnel oprees, kondigden de komst van een trein aan. Cally realiseerde zich dat ze geen tijd te verliezen had en sprong van het perron af naar de gewonde vreemdeling.

'Hou je stil! Niet bewegen,' schreeuwde ze. Ze trok hem rechter tussen de rails.

'Wat doe je?!' riep hij. Zijn bruine ogen werden groot van angst toen Cally haar gezicht heel dicht tegen het zijne aan duwde, alsof ze geliefden waren.

'Je leven redden!' Cally rook het bloed dat uit zijn wonden stroomde en vocht tegen de honger die dat in haar opriep. Dit was niet het moment om afgeleid te raken. 'Als je je niet stilhoudt, zijn we straks alle twee een been kwijt.'

De grond onder hen begon te trillen terwijl ze daar in elkaars armen lagen. De door mensen gemaakte donder vulde hun oren en schudde hun botten door elkaar. Cally duwde haar hoofd tegen de borst van de jonge man. Hij lag bewegingloos onder haar en staarde omhoog naar de onderkant van de metrotreinstellen die centimeters boven zijn gezicht passeerden. Na wat wel een eeuwigheid leek, kwam de trein eindelijk boven hen tot stilstand.

'Wat doen we nu?' fluisterde hij schor.

'Wachten tot hij weer vertrekt,' fluisterde Cally terug. 'Niemand weet dat we hier liggen. Zelf als er iemand op het perron staat, zou die ons niet horen als we om hulp zouden roepen.'

De jonge man zei niets, maar verstevigde in plaats daarvan zijn greep om Cally; hij trok haar zo dicht mogelijk tegen zich aan. Ze luisterde naar het gebonk van zijn hart in zijn borst en rook de geur van zijn huid. Ze vond het op een vreemde manier prettig, troostend zelfs.

Na een lange minuut hoorden ze dat de deuren dichtgingen, en de wielen van de metro begonnen te draaien. Cally hield zich doodstil toen de wagons boven haar hoofd weer verder reden, bang dat zelfs de kleinste beweging een ramp zou betekenen. Ze verwonderde zich erover hoe warm het lichaam van de jongen voelde tegen het hare. Ze deed haar ogen dicht en haalde diep adem, om de geur te onthouden voor later.

Toen de laatste wagon voorbij was, hief ze eindelijk haar hoofd op en keek om zich heen.

'Alles oké,' zei ze geruststellend. 'Je kunt me nu wel loslaten.'

'En ik vond het juist zo leuk,' zuchtte hij met een zwak lachje.

'We moeten je hier weg zien te krijgen voor er weer een trein komt,' zei Cally terwijl ze opstond.

'Klinkt als een goed idee.'

'Hallo! Is daar iemand?' riep ze. 'Er ligt iemand op de rails!' Cally luisterde of er een antwoord kwam, maar het enige wat ze hoorde was haar eigen echo. 'Kun je staan?' vroeg ze.

'Ja,' knikte hij. 'Ik denk het wel.'

Cally hielp hem met opstaan, maar de jongen trok een pijnlijk gezicht en viel tegen haar aan. Ze wankelde even toen zijn hele gewicht op haar leunde, maar hield hem toen moeiteloos overeind in haar armen. Met gemak sprong ze terug op het perron en legde hem over haar schouder. Gracieus als een kat liep ze naar een bankje vlakbij, waarop ze hem min of meer rechtop neerzette. Ze streek hem zachtjes over zijn linkerwang en veegde wat bloed weg.

'Hé, wat doe jij daar?' Een metromedewerker liep snel op haar af met een geschrokken blik in zijn ogen.

Cally realiseerde zich plotseling dat ze onder de olie en viezigheid van de rails zat, en dat hij haar waarschijnlijk aanzag voor een zwerver die een reiziger probeerde te bestelen. 'Mijn vriend heeft een ambulance nodig,' zei ze vlug. 'Volgens mij is hij gewond. Hij is van het perron op het spoor gevallen.'

'Jezusmina... Hoe is het hem gelukt weer op het

perron te komen?'

'Ik ben naar beneden gesprongen en heb hem erop getild.'

De metromedewerker keek haar onderzoekend aan. 'Een jonge meid als jij, die zo'n grote vent helemaal alleen het perron op heeft gehesen? Echt niet!'

'Het was zeker de adrenaline of zo.' Cally haalde haar schouders op. 'Je weet wel, net als die vrouw die een auto optilde om haar kind te redden.'

'O ja! Daar heb ik over gelezen.' Blijkbaar was hij tevreden met Cally's verklaring, want de man pakte een portofoon uit zijn jaszak. 'Centrale, Colina hier. Ik heb hulp nodig. Over.' Hij drukte op de ontvangstknop, maar het enige wat er uit het apparaat kwam, was statisch geruis. 'De ontvangst hier is klote. We zitten vijftien meter onder de straat. Ik moet naar een hoger deel om te kunnen bellen. Is met jou alles goed?'

'Met mij gaat het prima. Ik let wel op hem tot je terug bent.'

'Oké, wacht hier.'

Terwijl Colina de trap op rende, kreunde de jonge man van pijn.

Cally legde een hand op zijn schouder en hield hem zachtjes tegen toen hij probeerde wat meer rechtop te gaan zitten. 'Rustig aan. Je hebt misschien wel iets gebroken of gekneusd toen je viel.'

Hij haalde diep adem en zijn gezicht vertrok even. 'Je hebt gelijk,' kreunde hij weer. 'Ik geloof dat ik een paar ribben gebroken heb.' Hij hief zijn hoofd. 'Je hebt m'n leven gered,' fluisterde hij. Zijn bruine ogen lieten haar lippen, haar gezicht en haar haren tot zich doordringen. 'Je had niet hoeven doen wat je gedaan hebt.'

'Mijn oma heeft wel eens gezegd dat niets doen het ergste is wat je kunt doen.'

'Je oma klinkt als een zeer wijs persoon.'

'Dat was ze ook,' bevestigde Cally. 'Maar trouwens, ik weet zeker dat je voor mij hetzelfde gedaan had als de rollen omgedraaid waren geweest.'

Er flikkerde iets in de ogen van de jongen en hij keek snel weg. 'Misschien heb je gelijk.'

Cally draaide zich om naar het perron voor de trein naar Brooklyn. 'Ik geloof dat mijn trein eraan komt.'

'Je laat me hier toch niet alleen?' vroeg hij. Hij reikte naar haar hand.

'Maak je geen zorgen, er is een ambulance onderweg. Het komt wel goed.'

'Alsjeblieft, ga niet weg. Blijf bij me.'

'Luister, ik krijg echt grote problemen als ik niet nu vertrek!' zei ze ernstig.

'Maar je hebt nog niet gezegd hoe je heet! Ik moet op z'n minst de naam weten van het meisje dat mijn leven gered heeft, toch?'

'Ik heet Cally.'

'Leuke naam.' Hij glimlachte. 'Ik ben Peter.'

Cally lachte terug en kneep even in zijn hand. 'Da's ook een leuke naam. Pas goed op jezelf.'

'Ik zal het proberen.'

Peter van Helsing keek toe terwijl Cally in de trein stapte en hem gedag zwaaide vanachter het raampje. Hij hief een bebloede hand om terug te zwaaien en vroeg zich af hoe hij aan zijn vader moest uitleggen wat er gebeurd was. Vanavond was zijn eerste solomissie geweest; het was zijn taak geweest om het metrostation dat het dichtst bij het park lag, in de gaten te houden, voor het geval het doelwit aan het team van Big Ike zou ontsnappen.

Hij voelde in zijn spijkerjasje en haalde de houten staak die erin verstopt zat, tevoorschijn. Hij gooide het ding in de prullenbak naast het bankje, zoals hij geleerd had. De hulpverleners zouden zo hier zijn en hij had geen behoefte aan buitenstaanders die hun neus staken in familiezaken.

HOOFDSTUK 5

'Schiet op!' riep Oliver over zijn schouder terwijl hij het park uit rende. 'We moeten zien terug te komen bij de auto's voor de Van Helsings hulp in-roepen.'

'Maar mijn hak is afgebroken,' klaagde Carmen. Ze hobbelde als een mank paard achter hem aan.

Oliver boog voorover en brak de hak van haar andere schoen. 'Zo! Nu zijn ze weer gelijk!'

'Dat waren mijn nieuwe Prada's!' piepte ze.

'Nou, dan heb je tenminste mooie kleren aan wanneer ze met een staak je hart doorboren en je hoofd er afhakken!' gromde Oliver. 'Als je me nog een keer zo ophoudt, laat ik je achter voor de Van Helsings, ik zweer het je. Dan rekenen zij wel met je af. En denk niet dat ik dat niet doe.'

De blik in Olivers ogen maakte dat Carmen ogenblikkelijk ophield met zeuren. Ze schopte de verpeste schoenen uit en rende op blote voeten verder achter hem aan over de straten van de West Village.

Sergei vertraagde zijn snelheid tot een looppas en keek om zich heen. 'Waar is Tanith?' vroeg hij. 'Heeft iemand haar gezien?'

'De laatste keer dat ik haar zag, was ze bij Jules,' antwoordde Melinda. 'Ollie, heb jij Jules gezien?'

'Hij ging achter Lilith aan, dat is het enige wat ik weet,' zei Oliver.

'Het ziet ernaar uit dat we misschien moeten vliegen om hier weg te komen. Zolang Jules of Tanith er niet is, komen we nooit de auto's in.' Melinda wees naar de andere kant van de straat, waar de limousines stonden waarin ze gekomen waren.

De chauffeur van de familie Graves leunde tegen de kap van de Mercedes, zijn armen gekruist voor zijn borst, en staarde voor zich uit, terwijl de chauffeur van de De Lavals zich bezighield met het schoonmaken van de voorruit van zijn auto.

'Vliegen?' Carmen fronste haar voorhoofd. 'Meen je dat serieus? Ik kan misschien maximaal vijf minuten een gevleugelde vorm aannemen, meer niet. Het kost minstens twintig minuten om terug naar het centrum te vliegen!'

'Ik realiseer me dat het gevaarlijk is. We zijn allemaal nou niet echt ervaren vliegers,' antwoordde Melinda. 'Maar we moeten zo snel mogelijk thuis zien te komen.'

'Wat als ze hun onderscheppers al hebben ingezet?'

vroeg Oliver bezorgd. 'Ik heb gehoord dat Van Helsings speciaal getrainde arenden en condors hebben om het tegen vliegende vampiers op te nemen.'

'Dat heb ik ook gehoord,' knikte Carmen. 'Mijn tante zegt dat sommigen van hen zelfs hellehonden gebruiken die ze zelf hebben grootgebracht. Hellehonden, Melly! Een arend zou al erg genoeg zijn, maar hoe zouden we ooit midden in de lucht een hellehond van ons af moeten houden?'

'Je zit jezelf op te fokken over niks, Car,' zei Melinda in een poging haar te kalmeren. 'Dat zijn alleen maar geruchten, dat is alles. Stadsmythen, dat soort gedoe.'

'Ja, nou, dat heb ik eerder gehoord. Lilith en Tanith zeiden hetzelfde over Van Helsings en moet je zien wat er nu gebeurd is.' Carmens stem trilde. 'Ik ben gewoon bang, mijn voeten doen pijn en ik wil naar huis!'

'Ik probeer wel met Taniths chauffeur te praten,' stelde Sergei voor. 'Ik ga nu een paar maanden met haar, dus misschien herkent hij mijn geur…'

'Doe voorzichtig,' waarschuwde Oliver hem. 'Ondoden hebben dan misschien niet dezelfde krachten als de waargeborenen, maar ze kunnen je toch nog heel wat kwaad doen.'

Sergei stak de straat over in de richting van de Bentley. Toen hij de auto naderde, draaide Taniths chauffeur zich naar hem toe.

'Dixon, ik ben het,' zei Sergei en hij hief zijn hand op ter begroeting. 'Je kent me wel, toch? Mijn vrienden en ik moeten even in de auto schuilen, dat is alles…'

Met een diepe grom, als een waakhond die een inbreker wil afschrikken, ontblootte de chauffeur zijn tanden. In zijn ogen scheen felrood licht terwijl hij tussen de auto en de naderende man ging staan.

'Wow! Je hoeft je niet zo op te winden!' Sergei deed onmiddellijk een stap terug. Hij keek over zijn schouder naar de anderen en schudde zijn hoofd. 'Het heeft geen zin. Dixon laat niemand in die auto tenzij ze tot de bloedlijn van de Graves behoren. En hetzelfde geldt voor de chauffeur van Jules. We moeten het risico maar nemen en gaan vliegen, hellehonden of niet.'

'Misschien toch niet,' zei Melinda opgewonden. 'Daar is Jules!'

Sergei en de meisjes draaiden zich om en zagen hoe hun vriend naar hen toe hinkte. Uit zijn rechterbovenbeen stak een pijl. Jules stopte lang genoeg om hem eruit te trekken en brak hem toen als een droge tak in tweeën.

'Geprezen zijn de Stichters!' riep Carmen uit en ze gooide haar armen om zijn nek. 'We waren bang dat je dood was!'

Jules drukte haar even tegen zich aan.

'Ik wist wel dat die klootzakken je niet te pakken konden krijgen,' zei Sergei met een opgelucht gegrinnik.

'Waar zijn Lilith en Tanith?' vroeg Melinda bezorgd.

'Heb je het niet gezien?' antwoordde Jules met een

verbaasde uitdrukking op zijn gezicht.

'Ik ben bang van niet,' gaf Oliver toe. 'Toen jij "Van Helsings" schreeuwde, zijn we er zo snel mogelijk vandoor gegaan.'

'Jules, wat is er gebeurd?' fluisterde Melinda.

'Tanith is dood.'

'O nee!' Carmen snakte naar adem en sloeg een hand voor haar mond.

'Wat?' Sergei knipperde ongelovig met zijn ogen. 'Weet je het zeker?'

'Ja, ik ben bang van wel,' antwoordde Jules triest. 'Ze is er geweest, jongen. Het spijt me.'

'En Lilith?' snikte Carmen. 'Is alles goed met haar?'

'Ik weet het niet,' zei Jules grimmig. 'Ik hoopte dat ze hier bij jullie was.'

'En wat doen we nu?' vroeg Melinda.

'Ik ga niet weg zonder Lilith,' zei Jules beslist. 'We zijn Tanith al kwijt; ik wil haar niet ook verliezen.'

Plotseling kwam er midden over de straat een groot dier aangerend uit de richting van het park. Hij had het formaat van een Ierse wolfshond en zijn vacht was drijfnat. Zijn blauwe ogen fonkelden. Het staartloze beest ging op zijn achterpoten staan en snuffelde aan Jules' gezicht.

'Lili!' Jules sloeg zijn armen om haar heen. 'Je hebt het gered!'

Plotseling stond ze daar in Jules' armen, naakt en met haar natte haren als een waterval langs haar rug.

Hongerig zocht ze Jules' lippen.

'Wow...' Olivers blik zei alles.

Jules deed vlug zijn jasje uit en gaf het aan Lilith.

'Sorry,' zei ze schaapachtig. 'Wanneer maakt D&G z'n jurken nou eens zo dat je erin van gedaante kunt veranderen?'

'Ik ben blij dat er niets met je aan de hand is.' Jules trok haar tegen zich aan.

'We moeten maken dat we wegkomen,' zei Lilith. 'Ik hoorde die Van Helsings met elkaar praten. Hun versterkingen zijn zo hier.'

'Het is misschien een beetje krap, maar ik denk dat we ons allemaal wel in mijn limo kunnen proppen.' Jules gebaarde naar zijn chauffeur. 'Marcel! We vertrekken.'

Marcel stopte zijn doekje weg en knikte. 'Oui, monsieur Jules.' Hij opende het achterportier voor zijn meester. Melinda, Oliver, Carmen, Jules en Lilith wrongen zich op de achterbank terwijl Sergei op de stoel naast de chauffeur ging zitten.

'En Taniths chauffeur?' vroeg Melinda. 'Moeten we niet tegen hem zeggen dat hij naar huis moet gaan?'

Jules schudde zijn hoofd. 'Er is niks aan te doen. Hij is een ondode. Hij gehoorzaamt alleen mensen bij wie Gravesbloed door hun aderen stroomt.'

De auto reed weg van de stoeprand. Lilith draaide haar naakte lichaam om op Jules' schoot om uit het achterraam nog één keer naar de chauffeur te kijken.

Dixon leunde met zijn armen over elkaar geslagen tegen de Bentley en wachtte op de terugkeer van zijn meesteres. Hij zou zo blijven staan tot de opgaande zon hem tot as zou laten vergaan.

De nachtportier van de Balmoral trok niet eens een wenkbrauw op toen Lilith op blote voeten en gekleed in niet meer dan het jasje van haar vriendje door de hal liep. Hij was tenslotte slechts een bediende. Het was niet aan hem om goed of af te keuren hoe een lid van de familie zich kleedde.

Lilith stapte in de lift en drukte op de knop voor de verdieping van het penthouse. Ze wachtte tot de deuren van de lift dichtschoven voor ze haar handen toestond om te trillen.

De hele weg terug had ze haar best gedaan om sterk te lijken in de ogen van de anderen, maar de waarheid was dat de gebeurtenissen in het park haar flink hadden geraakt. Ze had nog nooit iemand zien sterven; en ze had zeker niet verwacht dat de eerste dode die ze zou zien niet zomaar een of andere vampier zou zijn, maar een van haar beste vriendinnen.

Vanavond was ze er ruw aan herinnerd hoe gevaarlijk het daarbuiten was, vooral voor groentjes die nog bezig waren zich de vaardigheden eigen te maken, nodig om te overleven in deze genadeloze wereld.

Elke keer dat ze haar ogen sloot, zag ze Tanith levenloos op de grond liggen, als een kapot stuk speelgoed.

Als ze niet op het laatste moment opzij was gedoken, was zij degene geweest die daar gelegen had, in plaats van haar vriendin. Ze fronste en schudde haar hoofd, ze wilde er niet aan denken wat dat voor haar betekende.

Het was allemaal de schuld van die verdomde Nieuwbloed, zei ze tegen zichzelf. Als zij niet de aandacht van die Van Helsings had getrokken door een storm op te roepen, was dit allemaal niet gebeurd.

Het allerergste was nog wel dat de verschijning van de Van Helsings die Tanith gedood hadden, het gevecht tussen haar en dat stuk Nieuwbloedtuig had onderbroken. Ja, die meid had haar verrast met die wervelwind, maar Lilith was er zeker van dat ze het gevecht uiteindelijk zou hebben gewonnen. Ongetwijfeld zat die trut haar vrienden uit de achterbuurt op dit moment te vertellen hoe ze een Oudbloed had overtroefd.

Het gejen van dat wijf klonk nog in haar oren. Stormverzamelaar of niet, geen enkele Nieuweling was zelfs maar goed genoeg om haar schoenen te likken. Lilith beloofde zichzelf dat als ze dat slecht geklede mens ooit nog eens tegenkwam en de trut het waagde tegen haar te praten, ze haar tong eruit zou rukken.

Lilith stapte de lift uit, de privélobby in die als hal van hun appartement diende.

Daar stond de butler van de familie haar op te wachten. 'Gegroet, juffrouw Lilith,' zei hij in een keurig Brits accent en zonder te reageren op haar ongeklede toestand. 'De meester wenst u te spreken.'

'Moet dat echt, Curtis?' kreunde Lilith. 'Ik heb een rotavond gehad, zoals je ongetwijfeld kunt zien, en ik ben heel erg moe…'

'Uw vader stond erop dat u naar hem toe zou gaan zodra u arriveerde. Ik sta hier al te wachten op uw terugkomst sinds…' de butler haalde een zakhorloge uit zijn vestzak, 'zeven uur, zesentwintig minuten en achtenvijftig seconden.'

'Oké dan,' zuchtte Lilith. Hoewel de ondoden die haar familie dienden haar normaal gesproken altijd gehoorzaamden, ging haar vaders bevel te allen tijde boven het hare.

'Komt u mee, juffrouw Lilith,' zei Curtis terwijl hij de voordeur voor haar openhield. 'De meester is in zijn werkkamer.'

Wat de reden ook was dat haar vader haar wilde spreken, het was geen goed teken dat hij haar in zijn werkkamer ontbood. Ze woonde al haar hele leven in dit penthouse, maar de keren dat ze in zijn privéheiligdom was geweest, waren op één hand te tellen.

Victor Todd was de oprichter en directeur van HemoGlobe, het grootste en succesvolste bedrijf in de bloedbankindustrie. Hij had in zijn eentje een revolutie veroorzaakt in de cultuur van vampiers, zowel voor de waargeborenen als de ondoden.

Dankzij zijn bloedverstrekkingsprogramma, waarvoor vampiers betaalden in maandelijkse termijnen, was het niet langer noodzakelijk om elk uur van de nacht te jagen op de volgende maaltijd. Tegenwoordig hadden alle vampiers, behalve de allerarmsten, de tijd om zich op andere behoeften en interesses te richten en konden ze hun vrije tijd besteden aan het verbeteren van hun bestaan.

Ja, wat de families van Liliths vrienden en klasgenoten betrof, was Victor Todd, Edison, Henry Ford en Bill Gates in één. Maar voor Lilith was hij de man die alle aspecten van haar leven controleerde, in elk geval tot ze eindelijk oud genoeg was om met Jules te trouwen en haar nieuwe leven als gravin De Laval te beginnen.

Terwijl Curtis haar naar haar vader bracht, keek Lilith tersluiks naar de portretten die in de lange gang hingen. Haar aandacht werd een moment getrokken door een schilderij van haar grootouders, Adolphus Todesking en Marcilla Karnstein. Ze waren tientallen jaren voor zij geboren was gestorven, dus voor haar waren ze niet meer dan wat streken verf op een canvas doek. Het enige wat Lilith wist, was dat Adolphus verantwoordelijk was voor de dood van Pieter van Helsing, nadat de legendarische vampierjager zijn geliefde vrouw had vermoord.

Lilith durfde bijna te zweren dat Marcilla's hoofd draaide toen ze langsliep.

Curtis aarzelde even voor hij zachtjes op de deur van de werkkamer klopte. 'Juffrouw Lilith is net thuisgekomen, meneer.'

'Stuur haar maar naar binnen.'

Lilith slikte een keer en trok de revers van haar geleende jasje nog dichter bij elkaar. Ze haatte het om het toe te geven, maar diep van binnen, in de kern van haar wezen, was ze bang voor haar vader.

Curtis hield de deur voor haar open, maar volgde Lilith niet de kamer in. 'Is er nog iets van uw dienst, meester Victor?' vroeg hij.

'Nee, je kunt je terugtrekken, Curtis.'

'Dank u, meester,' zei de butler met meer dan een vleugje opluchting in zijn stem terwijl hij de deur sloot en Lilith alleen achterliet met haar vader.

Victor Todd draaide zijn gezicht weg van de flatscreen van de computer op zijn bureau en keek naar zijn dochter. Met al zijn geld en zijn donkere, knappe gezicht was hij met gemak een van de meest gewilde mannen uit de jetset. 'Ik ga ervan uit dat je niet in deze kleding uit bent gegaan, jongedame?' zei hij scherp.

'Nee, vader,' antwoordde Lilith. Haar stem klonk opeens heel kleintjes. 'Als u het druk heeft, kan ik ook later terugkomen, wanneer ik me heb omgekleed...'

'Dat is niet nodig. Ik was alleen even wat van mijn investeringen in de buitenlandse valutamarkt aan het checken. De euro doet het op het moment erg goed,' zei hij. Er klonk zelfgenoegzaamheid door in zijn stem, ondanks zijn ongenoegen over zijn dochter. 'Wij moeten nu praten, jij en ik. Eerst wil ik horen wat je dacht dat je aan het doen was in de club gisteravond. Daarna mag je uitleggen wat de reden is dat je er zo uitziet.'

'Weet u wat er gebeurd is in de Belfry?' vroeg Lilith om tijd te rekken.

'Natuurlijk weet ik dat,' antwoordde hij een beetje vermoeid. 'Ik ben mede-eigenaar van de club. Je zou moeten weten dat ik betrokken ben bij elke vampier-vriendelijke zaak in deze stad!'

'We waren gewoon lol aan het maken, dat was alles.' Lilith keek naar het tapijt. 'En ik was niet de enige; Tanith en Carmen hebben hem ook gebeten.'

'Het kan me niet schelen wat de anderen wel of niet gedaan hebben,' antwoordde Todd streng. 'Zij zijn niet mijn dochters; jij wel.'

'Ja, vader,' zei Lilith mat.

'Wat bezielde je überhaupt om zoiets roekeloos te doen, een mens tappen in de club? En dan heb ik het nog niet eens over de veiligheid. Had je er eigenlijk wel bij stilgestaan of je klaar bent voor de verantwoorde-lijkheid om ondoden de wereld in te brengen?'

'Dat zou nooit gebeurd zijn.' Lilith haalde haar schouders op. 'Ik ben nog te jong om ondoden te maken.'

'Goddank wel. Maar dat duurt niet lang meer, Lilith. In een oogwenk, misschien vier, vijf jaar, zul je zijn op-gegroeid tot een volwassene. Je zult geen spiegelbeeld meer hebben, je verouderingsproces zal vertragen tot het nog maar tien keer zo langzaam gaat als dat van een mens, en je beet zal degene van wie je het bloed drinkt in een ondode veranderen…'

'Pap, moeten we nou echt dat hele bloemetjes-, bijtjes- en vleermuizenverhaal doornemen?' kreunde Lilith. Ze rolde met haar ogen uit schaamte.

'We kunnen het er beter nu over hebben, voordat het te laat is. Ik kan het in ieder geval niet aan je moeder overlaten, wel?'

'Nee, vader,' knikte Lilith.

Lilith kon zich de laatste keer dat ze een beetje een normaal gesprek met haar moeder gevoerd had niet herinneren. Nadat ze meer dan honderd jaar geprobeerd had een erfgenaam voor haar echtgenoot te produceren, bracht Irina Vieszcy nu nog maar zo min mogelijk tijd door met haar dochter en man.

'Ondoden in de wereld brengen is een serieuze zaak, Lili. Ze zullen je eeuwenlang dienen, zonder protest of geklaag. De kans is groot dat ze langer "leven" dan jij en uiteindelijk, als de tijd daar is, zullen ze worden doorgegeven aan je nageslacht, zoals Bruno, Esmeralda en Curtis. Allemaal zullen ze met plezier voor je doden en sterven. Ten slotte sterven zij ook, wanneer jij wordt vernietigd voor je je bloedrecht kunt doorgeven. De ondoden zijn het ware fundament waarop de macht in deze maatschappij is gebouwd. Vergeet niet dat het beter is om kerkers vol ondoden te hebben dan kamers vol goud. Waarom? Omdat de vampier met de meeste bloedrechten het goud krijgt. Zo simpel is het.

Maar hoe machtig ik ook ben, als jij de aandacht op ons vestigt, zul je je moeten verantwoorden voor de Synode. De man die je hebt aangevallen in de club heeft nieuwswaarde, Lilith. Met alle satellietverbindingen, podcasts en CNN is het belangrijker dan ooit voor onze soort om ons geheim te bewaren. Als de Kanselier je schuldig bevindt aan het aandacht vestigen op onze soort, zul je onttand worden.'

'Wat barbaars!' schrok Lilith. In een instinctief gebaar bedekte ze haar mond.

'Inderdaad,' antwoordde haar vader. 'In vroeger tijden betekende het zoveel als de doodstraf, aangezien de overtreder langzaam verhongerde. Begrijp je nu waarom het verstandig is om je verre te houden van zaken die je voor de Synode zouden kunnen brengen?'

'Ja, vader,' zei ze volgzaam.

'En niet alleen dat, we willen toch ook niets doen wat ertoe leidt dat graaf De Laval terugkomt op zijn wijze beslissing om in onze familie te trouwen? Heb ik gelijk of niet? Dus, beloof je me dat je nooit meer een mens zult tappen in de club?'

'Ja, vader.'

'Heel goed,' zei Todd met een opgeluchte zucht. 'En dan kun je me nu misschien vertellen waarom je hier voor me staat in niet meer dan een mannenjasje. Wat is er met je jurk gebeurd?'

'Hij is gescheurd toen ik van gedaante veranderde.'

'Ben je van gedaante veranderd?' zei Todd afkeurend. 'Hoe kwam dat zo?'

'Dat is een lang verhaal,' antwoordde Lilith, die nog

steeds naar haar voeten staarde.

'Waarom verbaast me dat niet?'

'Het spijt me, pap. Echt, echt waar. Maar het was niet mijn schuld.' De woorden stroomden opeens uit Liliths mond. 'We waren bij Tanith thuis, gewoon een beetje lol maken. We verveelden ons omdat we niet naar de club konden. Uiteindelijk zijn we naar Washington Square Park gegaan...'

'Wiens fantastische idee was dat?!'

'Van Jules.'

Zodra ze Jules' naam zei, werd haar vaders stem zachter. 'Jullie waren in The Village. Waarom?'

'Gewoon, uitgaan, dat is alles. Ik zweer het.'

'Ik weet dat je tegen me liegt, Lilith. Of op z'n minst vertel je me niet alles. Maar het was een hele lange avond en ik ben te moe om nog langer spelletjes met je te spelen.' Hij leunde naar voren naar de intercom. 'Als je niet zegt wat jullie aan het doen waren in The Village, zal ik al je creditcards laten blokkeren.'

'Nee!'

'Vertel me dan de waarheid.'

'Oké, u wint.' Verslagen liet Lilith haar schouders zakken. 'We waren vers bloed aan het scoren.'

Victor Todd vloog op uit zijn stoel alsof die plotseling onder stroom stond. 'Wát waren jullie aan het doen?!' Zijn stem galmde zo luid door de kamer dat de muren ervan trilden. 'Van alle gevaarlijke, domme dingen die je had kunnen doen...! En dat na alles wat ik met veel hard werken bereikt heb…! Het hele idee van HemoGlobe is nou juist dat zulk riskant gedrag voor onze soort tot het verleden behoort. Bij de Stichters! Kind, wat dacht je nou eigenlijk?!'

'We dachten dat het veilig was…'

'Veilig! Het is een soort Russische roulette! Alles werkt tegen je. Elke keer dat je uitgaat in het openbaar, loop je het risico dat je wordt aangevallen door Van Helsings! Jij weet beter dan wie ook hoe je opvalt in een groep mensen.'

'We deden heel voorzichtig, ik zweer het! Alles ging prima. Toen verscheen opeens die trut van een Nieuwbloed en liep alles uit de hand.'

'Nieuwbloed?' Het gezicht van Todd betrok nog meer.

'Ja. Zij is degene die werkelijk verantwoordelijk is voor wat er gebeurd is. Als zij er niet geweest was, hadden die Van Helsings nooit geweten dat we daar waren.'

'Wat deed ze dan?'

'Ze probeerde me aan te vallen met een bliksemstraal.'

'Een stormverzamelaar?' Todd leek oprecht verbaasd door deze openbaring. 'Weet je het zeker? Ik dacht dat je zei dat het meisje een Nieuwbloed was?'

'Nou ja, ik nam aan dat ze dat was,' zei Lilith. 'Ik bedoel, ik ken alle jonge Oudbloeden, en dit meisje had ik echt nog nooit eerder gezien…'

'En wat gebeurde er toen?'

'Tanith werd gespietst,' antwoordde Lilith. Haar stem was niet veel meer dan een gefluister.

'Bij de Stichters...' mompelde Todd geschokt. 'Is ze...' Lilith knikte.

'Ik begrijp het,' zei Todd. Hij wreef over zijn onderlip met de knokkel van zijn rechterwijsvinger, een teken dat hij in gedachten verzonken was. 'Goed. Ga naar bed, Lilith. Ik zal ervoor zorgen dat Dorian en Georgina bericht krijgen.' Victor Todd keek toe terwijl zijn dochter naar de deur van zijn werkkamer liep.

Voor ze de deur achter zich dichtdeed, keek Lilith hem over haar schouder aan. Haar heldere blauwe ogen glommen van de tranen. 'Pap?' vroeg ze met een beverige stem.

'Ja, Lilith,' antwoordde hij vriendelijk.

'U gaat toch niet mijn creditcards blokkeren?'

'Nee, prinses.' Hij zuchtte. 'Natuurlijk niet.'

HOOFDSTUK 6

Cally woonde met haar moeder op de bovenste verdieping van een zeven etages hoog gebouw dat
oorspronkelijk een pakhuis voor orgelpijpen of
zoiets victoriaans was geweest. Hun appartement was
een van de vele die in het pakhuis waren gemaakt, voor
kunstenaars, studenten en kantoormensen die uit de
Lower East Side verdreven waren, op zoek naar beter
betaalbare woningen.

Vergeleken met sommige van de plekken waar ze
gewoond hadden, was het driekamerappartement met
twee badkamers dat ze nu hun thuis noemden een pa-
leis. De woonkamer had een groot balkon met uitzicht
op de Williamsburg Bridge. De keuken was uitgerust
met roestvrijstalen Viking-apparaten, inclusief een
fornuis met zes pitten; niet dat ze daar veel profijt van
hadden, want Cally's moeder kon absoluut niet koken
en was ook niet van plan het ooit te leren.

Toen ze uit de lift hun etage op stapte, hoorde Cally het gedreun van de bassen van de thuisbioscoop. Ze zuchtte en rolde met haar ogen. Ongetwijfeld zouden ze weer een onaangenaam briefje krijgen van de bewonersvereniging.

Cally's moeder, Sheila Monture, zat op de antieke roodfluwelen chaise longue voor het zestig-inch plasmascherm en keek voor de zoveelste keer naar *Dracula* van Francis Ford Coppola. Cally herkende de scène; het was die waarin Anthony Hopkins en Keanu Reeves Winona Ryders slaapkamer binnenstormen en haar aantreffen in de armen van Gary Oldman.

'Ik ben thuis!' riep Cally boven de oorverdovende soundtrack uit toen ze de deur opendeed. Ze zag direct dat de gordijnen voor de grote ramen in de woonkamer waren opengetrokken zodat haar moeder uitzicht had op de East River.

Sheila Monture draaide zich met een ruk om, geschrokken van de plotselinge verschijning van haar dochter. Ze rommelde met de afstandsbediening en het volume zakte van oorverdovend naar gewoon luid. 'Lieverd! Daar ben je! Ik hoopte al dat je vroeg genoeg thuis zou zijn zodat we nog even met elkaar konden praten.'

Toen haar moeder opstond om haar te begroeten, zag Cally dat ze een bleke, lavendelkleurige nachtjapon met vleermuismouwen droeg, en een lange zwarte pruik met een streep wit erdoor. Door de jaren heen had Cally geleerd dat haar moeder kleding uitkoos die paste bij haar stemming. Wanneer ze elegant en koel wilde overkomen, kleedde ze zich als Morticia Addams; wanneer ze wilde dat ze er meer moederlijk en aards uitzag, kleedde ze zich als Lily Munster.

'Praten? Waarover?' vroeg Cally op haar hoede.

'Ik heb vanavond je vader gesproken,' zei Sheila opgewekt, Cally's toon negerend.

'Alsof wij hem ook maar iets kunnen schelen!'

'Nou, lieverd, dat is niet waar.' Sheila Monture toverde een overdreven frons tevoorschijn en sloeg haar handen in elkaar voor haar borst. 'Je vader geeft heel veel om jou.'

Cally liep de woonkamer door en keek uit het raam naar de verlichte metalen brug, die fel afstak tegen de donkere hemel.

'Lieverd, je vader geeft je een geweldige kans. Vanaf maandag ga je naar Bathory Academy.' Het was duidelijk dat haar moeder genoot van de woorden.

Cally draaide zich met een ruk om en vroeg ongelovig: 'Waarom moet ik in hemelsnaam daarheen? Van alle plekken... Ik hoorde afgelopen jaar bij de besten op Varney Hall!'

'Dat is het juist, schat. Je vader is een zeer belangrijk, drukbezet man. Hij heeft vaak niet de tijd om dingen zelf te regelen. Ik stuur je rapporten altijd naar de mensen die zijn zaken voor hem waarnemen, dus heeft het een tijdje geduurd voor hij de kans kreeg eens goed naar je cijfers te kijken. Maar toen hij dat eenmaal deed, was hij zeer onder de indruk. Hij zei me vanavond dat je je talent verspeelt op Varney. Het is een aardige school, maar toch eentje voor Nieuwbloeden. Je vader wil dat je verder komt in de wereld. Is dat niet geweldig?'

Cally schudde furieus haar hoofd. 'Zeg hem maar dat-ie het kan vergeten! Ik heb vrienden op Varney. Ik ga echt niet tussen die Oudbloed-bimbo's zitten!'

Sheila Montures brede glimlach verdween van haar gezicht en ze begon haar handen te wringen, wat nooit een goed teken was. 'Maar je moet, Cally. Als je niet gaat, trekt je vader zijn handen van ons af, en niet te vergeten ook zijn geld. Dan zullen we weer moeten verhuizen.'

Cally legde haar handen op haar hoofd, alsof ze wilde voorkomen dat het ontplofte. 'Verhuizen? Ik dacht dat je gezegd had dat je het appartement gekocht had met het geld dat oma je heeft nagelaten?'

'Dat geld heb ik gebruikt om de aanbetaling te doen, maar je vader betaalt de maandelijkse hypotheeklasten en alle andere kosten.'

'Misschien zou dit allemaal nog iets voor me betekenen als ik wist wie mijn vader was!' snauwde Cally. 'Ik heb de man nooit gezien, zelfs zijn stem nooit gehoord. Ik weet niet hoe hij heet. Het enige wat ik weet, is dat hij het te druk heeft en te belangrijk is om tijd met mij door te brengen, dat hij met iemand anders getrouwd is en dat hij zich te veel schaamt om mij te erkennen.'

'Cally, zo moet je niet praten, alsjeblieft,' smeekte haar moeder. 'Het is niet eerlijk om hem de schuld te geven van hoe de zaken tussen jullie ervoor staan. Het was voor een groot deel mijn moeder die hem bij je weg heeft gehouden, en dat weet je. Geloof me, wanneer je vader klaar is om zichzelf aan jou bekend te maken, zal hij dat zeker doen. Tot die tijd is het veiliger dat je niet weet wie hij is. Je vader is een machtig man, met machtige vijanden, vijanden die er alles aan zullen doen om te zorgen dat zijn nageslacht vernietigd wordt.'

'Dus dat is het enige wat ik voor hem ben? Een garantie tegen uitsterven?'

Sheila Monture stond op het punt om haar dochters visie te ontkennen, bedacht zich toen en keek vlug van haar weg.

Cally kreunde van afschuw. 'Ja, dat dacht ik al. Als je me nodig hebt: ik ben in m'n kamer.'

Toen Cally naar de gang liep, pakte Sheila haar dochter bij haar pols. 'Alsjeblieft, Cally. Ik smeek het je. Doe alsjeblieft wat je vader vraagt. Ik wil niet verhuizen. Ik vind het prettig hier in Williamsburg, en ik weet dat jij dat ook vindt. Hier wonen veel kunstenaars, die zijn niet zo bekrompen. Ik voel me hier goed. Het is een beetje zoals het vroeger in de East Village was. Niemand staart naar me als ik uitga, niet al te veel in elk geval. Ik wil niet weer moeten verhuizen en ergens terechtkomen waar de buren ons als een stelletje freaks behandelen.'

'Mam, leg het nou niet allemaal bij mij neer. Dat is niet eerlijk!'

'Alsjeblieft, Cally?' vroeg Sheila met een bevende stem. Door de tranen die opwelden in haar ooghoeken liep haar mascara uit. 'Verzet je niet zo en doe dit ene kleine ding voor mama…?'

Cally klemde haar kaken op elkaar en zei tegen zichzelf dat ze niet ging toegeven. Niet deze keer. Ze probeerde haar pols te bevrijden uit haar moeders greep, maar die liet haar niet gaan. Het zou heel gemakkelijk zijn om haar moeder te dwingen haar los te laten, maar Cally wilde haar niet echt pijn doen. Haar moeder was al beschadigd genoeg.

Ze haalde diep adem en liet de lucht in een lange, pijnlijke zucht ontsnappen. 'Oké mam, jij wint. Ik ga wel.'

HOOFDSTUK 7

Het Van Helsing Instituut had zijn hoofdkantoor in een vervallen landhuis in de paardenstaat Connecticut, met drie hectare land eromheen. De afgelopen achttien jaar was dit Peter van Helsings thuis geweest, en tevens zijn school. In de toekomst zou hij ongetwijfeld in de voetsporen van zijn voorouders treden en de leiding over het Instituut overnemen. Of dat dacht hij tenminste, tot Cally zijn pad kruiste.

Peter liep behoedzaam door de kamer naar het enorme mahoniehouten bureau dat voor de haard stond. Als hij te snel liep, voelde het dankzij zijn net gekneusde rib alsof iemand hem met een speer in zijn zij stak. Hij was blij dat zijn vader er niet was, want hij was er nog steeds niet zeker van wat hij precies zou vertellen over de gebeurtenissen.

Peter keek even omhoog naar het portret van zijn over-over-overgrootvader, dat boven de schoorsteenmantel hing. De beruchte Pieter van Helsing droeg een zwarte das over zijn brede, omhoogstaande kraag, zoals dat rond 1830 in de mode was, en leek zijn meest recente afstammeling afkeurend aan te kijken.

Een steek van schuldgevoel, bijna net zo scherp als de pijn in zijn ribben, maakte dat Peter wegkeek. Hij liet zijn blik vallen op de enorme hoeveelheid mappen, gevuld met printjes, rapporten, foto's en krantenberichten, die het bureau bedekte. Veel van wat in de oude bruine mappen opgeborgen zat, was allang gedigitaliseerd en in het computersysteem van het Instituut ingevoerd, maar zijn vader was een ouderwetse man en vond het prettiger om de informatie op papier bij de hand te hebben.

Toen Peter dichterbij kwam, hoorde hij het geluid van ratelende kettingen. De gargouille hief zijn kop van het kleed bij de haard met een grom die zo diep was, dat Peter hem eerder voelde dan hoorde. Het beest was ongeveer zo groot als een bull mastiff en had ook min of meer dezelfde bouw, maar zijn huid was grijsgroen en leerachtig en uit zijn schouders groeiden een soort vleermuisvleugels. Het beest snoof en meteen veranderde het gegrom in een vriendelijk gepiep van herkenning.

'Wil je wat lekkers, Talus?'

De hagedisachtige staart van de haarloze gargouille begon verwachtingsvol tegen het kleed te slaan toen Peter het deksel van een oud houten sigarendoosje openklapte. Hij pakte een van de dode muizen die erin lagen bij zijn staart en gooide die naar het kwijlende beest. Talus hapte het diertje zo uit de lucht en keek toen weer vol verwachting naar Peter.

'Eentje is genoeg,' lachte Peter. Hij schudde zijn vinger bestraffend heen en weer. 'Ik wil niet dat pap me er straks van beschuldigt dat ik je eetlust bedorven heb.'

Alsof hij erop gewacht had dat zijn naam genoemd werd, gingen de deuren van het kantoor open en kwam Christopher van Helsing binnen, de bestuursvoorzitter en president-directeur van het Van Helsing Instituut, de oudste wereldlijke bovennatuurlijke opruimingsdienst. Met zijn bos golvend grijs haar en de intense, nadenkende blik die hij altijd leek te hebben, vertoonde hij een vreemde gelijkenis met Beethoven.

'Peter!' Van Helsing liep vlug naar voren om zijn gewonde zoon te begroeten. 'Mijn dappere jongen! Hoe is het met je ribben?'

'Het kon erger,' zei Peter. Hij vertrok zijn gezicht bij zijn vaders omhelzing. 'De doktoren van de Eerste Hulp zeiden dat ik er één flink gekneusd heb, maar er is niks gebroken. Ik ga straks naar de ziekenboeg om me door dokter Willoughby te laten intapen. Ik wacht wel even tot hij klaar is met Big Ike en Drummer.'

'Het is goed om te horen dat het meevalt. En het is ook maar goed dat wij Van Helsings snel genezen hè, jongen?' zei zijn vader.

'Ja, vader,' beaamde Peter.

'Kun je al praten over wat er in de ondergrondse gebeurd is?'

'Ik denk het wel, vader.' Peter haalde zijn schouders op.

'Is er iets?' Van Helsing fronste zijn wenkbrauwen, verbaasd over Peters gebrek aan enthousiasme. 'De laatste keer dat ik je zag, was je er helemaal opgewonden over dat je voor het eerst een solo-opdracht had.'

'U rekende op me, vader, en ik heb het gevoel dat ik u teleurgesteld heb.'

'Het is niet alleen jouw fout dat de missie mislukt is, jongen,' antwoordde zijn vader. 'Het was één grote rotzooi.'

'Ja, vader,' mompelde Peter. Hij keek naar de vloer.

'Nu ik het er toch over heb...' Van Helsing liep met grote passen naar zijn bureau en drukte op de knop van de intercom. 'Zeg Rémy dat ik hem wil spreken in mijn kantoor. Nu meteen.'

'Ja, meneer,' antwoordde een vrouwenstem. 'Hij is al onderweg.'

Toen Peters vader wilde gaan zitten, kwam Talus overeind.

'Wie is er zo blij om het baasje te zien?' vroeg Van Helsing. Hij krabde achter de grote rechtopstaande oren van het beest. 'Ja, dat ben jij, Talus! Jíj bent zo blij om het baasje te zien, hè?'

'Ik heb hem net wat lekkers gegeven,' waarschuwde Peter zijn vader. 'Laat hem je niet wijsmaken dat hij verhongert. Hij komt niets te kort.'

'Ik ben een softie als het om dit beest gaat, en dat weet hij,' zei Van Helsing met een ongebruikelijk gegrinnik. 'Het is moeilijk om niet aan zo'n dier gehecht te raken als je het zelf hebt grootgebracht.'

Er klonk een lichte klop en Rémy stak zijn hoofd om de deur van het kantoor. 'U wilde me spreken, baas?'

'Inderdaad, Rémy. Ik heb jou en de anderen erop uitgestuurd voor wat een relatief simpele hinderlaag had moeten zijn, van een jong meisje nog wel. Ik zou graag van je willen horen hoe het komt dat mijn beste undercoveragent in kritieke toestand verkeert nadat hij is geëlektrocuteerd, mijn teamleider een schouder uit de kom heeft en mijn zoon vol rattenbeten zit en een gekneusde rib heeft.'

Rémy slikte zo hard dat zijn adamsappel bijna verdween. 'Baas, ik kan uitleggen wat er gebeurd is. We hadden alles onder controle, maar voor we het doelwit onschadelijk konden maken, kwam er een groep Oudjes opdagen...'

Van Helsing trok een wenkbrauw op. 'Volwassenen of jonkies?'

'Jonkies, voor zover we konden zien. Ze leken ongeveer even oud als de stormverzamelaar. Er waren op z'n minst drie zuigers. Een mannetje en twee vrouwtjes.'

'Stappers, ongetwijfeld.' Van Helsing schudde vol afschuw zijn hoofd.

'Een van de jonge vrouwtjes bemoeide zich met de

stormverzamelaar. Dat is wat alles in gang zette. Voor we het wisten, zaten we midden in een wervelstorm. Big Ike gaf ons het bevel om de Oudbloeden uit te schakelen voor ze zich met z'n allen op de stormverzamelaar konden storten.'

'En, lukte dat?'

Rémy knikte. 'Hij slaagde erin om een van de vrouwtjes een staak door het hart te drijven. De trofee wordt op dit moment schoongemaakt en geprepareerd. Maar daarna liep alles uit de hand. De stormverzamelaar viel Ike aan. Toen bemoeide het mannetje zich ermee. Hij vloog ermiddenin. We hebben hem verwond, maar pas nadat hij probeerde Drummers arm eraf te rukken.'

'En wat gebeurde er met het tweede vrouwtje?'

'Ze wist te ontsnappen. Zoals ik al zei, baas, we hadden alles onder controle tot die Oudbloeden verschenen.'

'Ik begrijp het,' zei Van Helsing. 'En jij, Peter? Was de zuiger die jou in de ondergrondse aanviel dezelfde als het meisje dat Drummer in het park zegt te hebben gezien? Was zij de stormverzamelaar?'

'Ik weet het niet zeker,' zei Peter, die ongemakkelijk heen en weer schoof. 'Het gebeurde allemaal zo snel. Ik had nauwelijks de kans om haar goed te bekijken voor die rat me besprong.'

'Heb je gezien welke trein ze nam? Ging ze de stad in of juist uit?'

'Het centrum in,' zei Peter snel. 'Ze ging de stad in, zeker weten.'

'Heel interessant,' zei Van Helsing, terwijl hij iets noteerde.

'Weet u zeker dat dit het meisje is naar wie u zocht?' vroeg Peter. Hij keek hoe zijn vader de informatie, die dus niet klopte, in zich opnam. Waarom had hij gelogen? Peter vond het niet prettig, maar hij voelde zich bijna verplicht om het te doen, voor Cally.

'Jongen, ik ben nog nooit in mijn leven ergens zekerder van geweest. Rémy, heb je ook undercoveragenten die buiten Manhattan werken?'

'Ik heb agenten die een oogje houden op die club waar de stormverzamelaar een paar weken geleden is gezien.'

'Mooi. Zorg dat ze worden ingezet in Midtown en de Upper East Side. Als de grootmoeder niet langer in the picture is, is de kans groot dat het meisje nader tot haar vader komt. En aangezien we weten wie hij is, is het gemakkelijk om hem in de gaten te houden. Hij zal ons uiteindelijk wel naar haar toe leiden.'

'Ja, baas.' Rémy draaide zich om en haastte zich het kantoor uit.

Peter keek even naar zijn vader, die nors naar de notitieblaadjes keek die verspreid over zijn bureau lagen. Christopher van Helsing schoof de verschillende papiertjes rond met zijn wijsvinger, alsof hij een puzzel aan het maken was. Peter wist maar al te goed dat zijn vader urenlang kon zwijgen als hij in zo'n stemming was.

'Ik kan ook maar beter vertrekken, pap.'

'Nee. Blijf en praat nog even met me, jongen,' antwoordde zijn vader zonder op te kijken. 'We zijn er dichtbij. Heel dichtbij. Je grootvader, God hebbe zijn ziel, heeft me geleerd dat het meest waardevolle gereedschap van een vampierjager zijn intuïtie is. En de mijne zegt me dat we op het juiste spoor zitten, jongen. Ik voel het in m'n botten. De stormverzamelaar is degene naar wie we zo lang op zoek zijn geweest.

Ze heeft de juiste leeftijd. En ik kan je verzekeren, uit persoonlijke ervaring, dat die oude dame bliksems kon rondstrooien als de beste. Het is niet meer dan logisch dat haar kleindochter die vaardigheid geërfd heeft, misschien zelfs wel in een grotere mate.

Als dit meisje is wie ik denk dat ze is – als ze is wát ik denk dat ze is – dan is ze het grootste wapen dat het Van Helsing Instituut ooit heeft kunnen inzetten tegen het vampierras sinds Pieter zelf.'

'Maar wat als ze niet bereid is om ons te helpen? Wat gebeurt er dan?'

'Als zij of haar grootmoeder, ervan uitgaande dat de oude dame nog leeft, vijandig tegenover onze plannen staat, zullen ze vernietigd moeten worden.'

Peter knipperde verrast met zijn ogen. 'Maar ik dacht dat de grootmoeder een oude vriendin van u was?'

'Dat is waar,' zei Van Helsing. Er gleed een glimp van spijt over zijn gezicht. 'Ik ken Sina Monture al sinds ik nog een jongen was. Ze ging bij de Elite toen je grootvader de leiding had. Ze was een van de machtigste witte heksen die ooit voor het Instituut hebben gewerkt.

Sina was getrouwd met Cyril Monture, de beste vriend van jouw grootvader en mijn peetvader. Geen van beiden was jong te noemen, dus we waren allemaal nogal verrast toen Sheila geboren werd.

Ze verwenden de baby vreselijk, en natuurlijk groeide ze op tot een van die kinderen die zich aangetrokken voelen tot alles waar hun ouders tegen zijn. Ze was gefascineerd door vampiers. Ze besteedde al haar tijd aan het kijken naar films over vampiers, las er boeken over. En uiteindelijk ging ze naar ze op zoek. Ze slaagde er zelfs in om een vampier als vriendje te versieren.

Die arme Cyril kreeg een zware hartaanval toen hij zag hoe die schoft zijn dochter meenam. Hij is in mijn armen gestorven.

Sina is daarna nooit meer dezelfde geworden. En toen, twee jaar later, verliet ze zonder enige waarschuwing het Instituut. We hadden allemaal aangenomen dat Sheila in een ondode was veranderd, maar het bleek dat die zuiger haar als zijn maîtresse onderhield. Toen ze zwanger was van zijn halfbloed kind, besloot ze zich weer met haar moeder te verzoenen.

Ik realiseerde me meteen wat een enorme potentie het kind als wapen zou hebben en ik zocht contact met Sina. Ze dreigde dat ze haar krachten tegen me zou gebruiken als ik ooit te dicht bij haar of haar kleinkind zou komen. Toen wist ik dat de vrouw die ik eens gekend had, onomkeerbaar verpest was, net als iedereen die zich inlaat met vampiers en hun gebroed.'

'Maar… vernietigen? Is er geen andere manier?' vroeg Peter, die probeerde zijn walging te verbergen.

'Beter dat dan dat het meisje in handen van onze vijanden valt.'

Peters hoofd tolde toen hij zijn vaders kantoor verliet. Als jongetje had hij zijn ouders de gebruikelijke leugens verteld die kinderen hun ouders vertellen. Maar wat hij nu net gedaan had, was een stuk serieuzer dan liegen over het stelen van koekjes of voetballen in huis.

Tot op dit punt in zijn leven was het enige wat Peter ooit echt gewild had, het jagen op en vernietigen van vampiers geweest, net als zijn vader en zijn grootvader vóór hem, zelfs tot vijf generaties terug. Minder dan vierentwintig uur geleden was hij zo opgewonden geweest over het feit dat hij zijn eerst solomissie mocht uitvoeren, dat hij nauwelijks had kunnen slapen. Maar het enige waar hij nu aan kon denken was Cally.

Hij kon nog steeds het gewicht en de warmte van haar lichaam tegen zich aan voelen. Zodra hij zijn ogen dichtdeed, zag hij haar gezicht naar hem kijken vanachter het raampje van de trein naar Brooklyn, glimlachend terwijl ze naar hem zwaaide.

Peter werd tegelijkertijd opgewonden en bang van de kracht van de emoties die door hem heen stroomden. Zijn vader beweerde dat vampiers zelfs het zuiverste hart konden verpesten, als ze de kans kregen. Maar dat kon onmogelijk voor haar gelden, toch? Ze was niet zoals de anderen. Het feit dat hij nog leefde, was het bewijs.

Hij moest haar weer zien, zoals een tijger zijn dorst moet lessen. Maar hoe? Hij wist dat ze in Brooklyn woonde, maar waar precies? Plotseling herinnerde hij zich dat Rémy gesproken had over een club in Williamsburg die ze in de gaten hielden en waar ze gezien was. Het was niet moeilijk om de naam van die club te achterhalen; hij hoefde het maar aan Rémy te vragen. Wie zou de zoon van de baas er tenslotte van verdenken dat hij verliefd was op een vampier?

HOOFDSTUK 8

O mdat het echtpaar Graves in het buitenland zat en Lilith hun dochters beste vriendin was, schreef de traditie voor dat zij degene moest zijn die de *totentanz* verzorgde. Daar kwam iedereen bij elkaar om symbolisch zijn deelneming te betuigen en daarna te zingen, te dansen en te drinken ter herinnering aan hun gevallen kameraad en te lachen in het gezicht van de dood.

In vroeger tijden gingen dergelijke feesten wekenlang door. Maar vanwege het feit dat er maar zo weinig tijd tussen de uitnodiging en het feest zat, en omdat iedereen het tegenwoordig zo druk had, bleef Taniths *totentanz* beperkt tot één avond.

'Daar ben je!' zei Sebastian, met een gezicht dat enigszins iets van sympathie uitstraalde. 'Ik was werkelijk geschokt toen ik hoorde wat er gebeurd was, schat.'

'Dankjewel,' antwoordde Lilith terwijl ze luchtzoenen

uitwisselden. 'Het was lief van je, Seb, dat we Taniths totentanz hier mochten houden.'

'Dat was wel het minste wat ik kon doen, lieverd, gezien de omstandigheden.' Sebastian zuchtte. 'En trouwens, zondagavond is toch nooit erg druk.'

Dankzij e-mail en MSN had het nieuws van Taniths dood door toedoen van Van Helsings zich als een lopend vuurtje verspreid onder de populaire leerlingen van zowel Bathory Academy als Ruthven, en zelfs onder velen van de nog maar net volwassen afgestudeerden. Lilith keek de club rond, naar alle mooie jonge mannen en vrouwen die uit cognacglazen bloed met een tic dronken.

'Het is geweldig dat er zo veel mensen zijn komen opdagen, ondanks de korte tijd,' zei ze.

'Ooo! Renée, kijk. Daar is Lilith!'

Lilith draaide haar hoofd in de richting van de hoge stem. Ze zuchtte toen ze Renée Grimshaw en Bianca Mortimer op zich af zag lopen. Ze plakte een tandpastalach op haar gezicht en zei: 'Wat fijn dat jullie er zijn!'

'O, dit hadden we voor geen goud willen missen, Lili,' riep Renée uit. 'Ik bedoel, iedereen die ook maar iets voorstelt, is hier!'

'Ik weet zeker dat Tanith het op prijs zou stellen,' merkte Lilith droog op.

'Ooo, Lilith! Is het waar dat jij erbij was toen Tanith gedood werd?' vroeg Bianca. Haar ogen glommen van duivelse fascinatie.

Renée leunde verwachtingsvol naar voren, als een pasgeboren roodborstje dat op een worm wacht. 'O, was het smerig? Denk je dat het pijn deed?'

'Ik weet het niet,' antwoordde Lilith. Ze voelde zich enigszins overdonderd door de overvloed aan vragen. 'Het gebeurde allemaal zo snel…'

'Was je niet bang?'

Voor Lilith de kans had om antwoord te geven, gaf Bianca Renée een duwtje en wees naar de andere kant van de ruimte. 'Is dat niet Dustin Grabstein? Die jij zo geweldig vindt?'

'O. Mijn. God.' Renée giechelde en deed alsof ze flauwviel.

'Kom op!' Bianca trok haar vriendin aan haar arm. 'Laten we met hem gaan praten.'

'Dag, Lilith,' riep Renée over haar schouder. 'Zie je morgennacht op school.'

Sebastian lachte terwijl hij toekeek hoe Bianca en Renée wegtrippelden. 'Trek je niks aan van die leeghoofden. Ik zorg ervoor dat al Taniths echte vrienden naar boven worden gebracht, lieverd.'

Toen ze in de Loft kwam, stond Jules op om haar te begroeten. Zijn ogen glansden in het gedimde licht.

'Sorry dat ik laat ben,' zei ze.

'Ik had wel een drankje voor je kunnen bestellen, maar ik wilde niet dat het zou stollen voor je hier was. Ik zal wat voor je gaan halen…'

Lilith was verbaasd dat Jules zo voorkomend deed;

het voelde goed. Ze ging op de bank naast Melinda zitten en het duurde een seconde of twee voor ze zich realiseerde wie er ontbrak. 'Heeft iemand Sergei gezien?' vroeg Lilith.

'Hij loopt hier wel ergens rond,' zei Oliver vaag.

Lilith vroeg zich af of Sergei erg overstuur was. Plotseling zag ze weer de beelden voor zich van Taniths lichaam dat in elkaar gezakt op de grond lag. Toen veranderde Taniths gezicht in het hare.

Geschrokken keek Lilith naar haar handen en ze zag dat ze trilden. 'Sorry, ik moet even weg.' Ze pakte haar handtas.

Toen ze zich naar de damestoiletten haastte, voelde ze een soort paniek opkomen. Ze wist dat het nergens op sloeg, maar ze moest even haar eigen gezicht in de spiegel naar zich zien kijken, om zich ervan te verzekeren dat niet zij degene was die gestorven was. Ze had het gewoon nodig, één glimpje maar.

Ze deed de deur naar de toiletruimte open en scande automatisch de vloer van de toilethokjes om te zien of er iemand was. Een paar mannenbenen was duidelijk zichtbaar onder de deur van het verste hokje; een zwarte leren broek hing op een paar laarzen.

Eerst dacht Lilith dat een van de mannelijke feestgangers te dronken was om zich te realiseren dat hij in de damestoiletten was, maar toen hoorde ze een zware ademhaling uit het hokje komen, gevolgd door een vrouwenstem die kreunde van extase. Lilith glimlachte en knikte. Haar angst was ze voor even vergeten. Wat was nou een betere manier om de dood in het gezicht te spugen dan te sexen tijdens een totentanz?

Het luisteren naar de geheimzinnige geliefden begon haar op te winden. Zodra ze klaar was met in haar spiegeltje kijken, zou ze Jules opzoeken en kijken of hij net zo avontuurlijk was als de eigenaar van de zwarte leren broek.

Het toilethokje begon heftig te schudden, alsof het stelletje aan de andere kant probeerde de deur uit zijn scharnieren te lichten. De gilletjes van de vrouw werden koortsachtig en de man kreunde. Even later kwam er een tweede paar benen in zicht, overduidelijk van een vrouw, en de toiletdeur vloog open.

Lilith vroeg zich af of ze snel het andere toilethokje in moest duiken, uit fatsoenlijkheid, maar besloot de moeite niet te nemen. Haar nieuwsgierigheid was geprikkeld en ze kon niet wachten om de identiteit van de geheimzinnige geliefden te ontdekken. En trouwens, hoeveel privacy kon je verwachten als je in een openbaar toilet seks bedreef?

Een lang, dun meisje met lang zwart haar wankelde op hoge hakken het hokje uit en trok het lijfje van haar jurk omhoog om haar borsten weer te bedekken. Lilith herkende haar meteen; het was Samara Bleak, een van haar klasgenoten op Bathory. Zodra ze Lilith zag, leek Samara te bevriezen en op haar gezicht verscheen een uitdrukking van geschokte verbazing. Direct daarna kwam Samara's partner het hokje uit, nog bezig om zijn broek op te hijsen.

'Sergei…! Jij?!' riep Lilith uit.

'O, hai Lilith,' zei Sergei met een wazige, postcoïtale glimlach op zijn gezicht. 'Je kent Samara toch?'

'Ik ga maar vast.' Samara haastte zich naar buiten.

'Sergei… Waar ben je mee bezig?' Lilith keek ongelovig toe hoe hij zijn gulp dichtritste. 'Tanith is nog geen achtenveertig uur dood en jij bent al aan het rotzooien met een ander?'

'Ik was gek op Tanith.' Sergei haalde zijn schouders op. 'Maar het was nooit serieus. Ze zou nooit van me verwachten dat ik met een gebroken hart zou blijven rondlopen.'

'Om ermee rónd te lopen, moet wel eerst je hart gebróken worden!' snauwde Lilith.

'Wat Tanith en ik hadden, was leuk,' zei Sergei. 'Maar nu is het voorbij, en het komt nooit meer terug. Er zullen anderen komen die me precies hetzelfde laten voelen als zij deed. Je moet een beetje meegaan in de sfeer van de totentanz, Lilith.'

'Je bent zo'n varken, Sergei!' Lilith spuugde het er bijna uit terwijl ze de toiletruimte verliet. Ze sloeg de deur met een klap achter zich dicht.

Boos beende ze door de lounge en ze gebaarde naar de barman dat ze nog een drankje wilde. Ze nam een flinke teug van haar bloed met tic en trok een grimas van afschuw. Ze duwde het drankje opzij en liep terug naar de anderen. Ze botste bijna tegen Jules aan.

Zijn glimlach verdween meteen toen hij de uitdrukking op haar gezicht zag. 'Is er iets aan de hand?'

'Je bedoelt behalve dat Tanith dood is en nooit, nooit meer terugkomt?' antwoordde ze zo luid dat de mensen die vlak bij hen stonden stilvielen en haar aanstaarden. 'O, het spijt me,' zei Lilith tegen de massa vaag bekende gezichten die haar aangaapten. 'Ik wilde het feestje niet verpesten.'

'Ze doen gewoon wat zij ook gedaan zou hebben,' zei Jules. 'Tanith was gekker op feesten dan wie dan ook. Dat weet jij net zo goed als ik. Ze zou het zo gewild hebben. Geen van ons kan veranderen wat er gebeurd is. Het enige wat we kunnen doen, is doorgaan zoals we deden en zorgen dat het ons niet verandert.'

'Ik weet het,' zuchtte Lilith. 'Ik ben gewoon nog steeds overstuur, dat is alles.'

'Jules, jongen! Hoe is het met je?'

'Wat? O, hé Sergei,' antwoordde Jules, die even werd afgeleid door de komst van zijn vriend.

'Ach, laat ook maar,' snauwde Lilith. De blik die ze op Sergei afvuurde, was zo zwart en scherp als vulkanisch glas. 'Ik ga naar huis.'

'Wat is er met haar?' vroeg Sergei. 'Heb ik iets verkeerds gezegd?'

Zondag was wasdag in het huishouden van de Montures.

Toen ze eerder die avond het beddengoed van haar moeders bed had gehaald, had Cally alweer een afsluitingsaankondiging van het elektriciteitsbedrijf gevonden, verstopt onder de matras. Dat was de plek waar Sheila altijd spullen verstopte die ze het liefst negeerde. De was zou moeten wachten.

Cally had in het park niet het bedrag binnengehaald waarop ze gerekend had en als ze wilde dat de lichten het bleven doen, moest ze het tekort zien aan te vullen. Aangezien het park door de aanwezigheid van Van Helsings haar voorlopig te heet onder de voeten was geworden, zou ze het dichter bij huis moeten zoeken. En er was maar één plek in Williamsburg waar ze het soort prooi kon vinden dat ze nodig had: de Underbelly.

Cally ging naar haar kamer en rommelde in haar kast op zoek naar iets sexy's om aan te trekken. Ze koos uiteindelijk voor een geel satijnen minirokje met een groen korsetlijfje, waarvan ze wist dat haar bleke schouders en goedgevormde benen er op hun best in uitkwamen. Daarna deed ze de schoenen van Miu Miu aan die ze vorige week gescoord had bij de tweedehandswinkel in een zijstraat van Bedford Avenue.

Toen ze zich aangekleed had, deed ze wat eyeliner en lipgloss op zoals haar oma haar dat geleerd had; met alleen haar smalle vingers als hulpmiddel. Zodra ze klaar was, wierp ze een snelle blik in het spiegeltje dat ze in haar tweedehands tasje bewaarde, om er zeker van te zijn dat alles er netjes op zat.

Ze liep door de woonkamer en zag dat haar moeder alweer in een film verdiept was. Deze keer zat ze te kijken naar *The Brides of Dracula*.

'Ik moet even weg. Ik ben over een paar uur terug, mam,' zei Cally luid, in een poging zich verstaanbaar te maken, zo hard stond de tv.

'Doe je voorzichtig, lieverd?' antwoordde Sheila Monture. Ze zwaaide zonder haar ogen van het scherm los te maken.

De Underbelly was gevestigd in de kelder van een omgebouwde mayonaisefabriek. Het was het soort club waar zelden je legitimatie gecontroleerd werd, waar ze sterke drank schonken en waar de drugs vrijelijk van hand tot hand gingen; kortom, een goede plek om een prooi te vinden.

De portier keek haar nauwelijks aan toen ze de club binnenliep. Ze bestelde een drankje bij de bar en terwijl ze deed alsof ze ervan dronk, scande ze de ruimte.

Zelfs op een zondag was het er afgeladen vol met een internationaal, trendy publiek, jonge modellen en hippe jongelui uit Williamsburg met broeken vol verfvlekken en armen vol tatoeages.

'Cally! Waar heb jij de laatste tijd uitgehangen?'

Ze draaide zich om en glimlachte naar Simon Magi, een oude schoolvriend van Varney Hall. Hij gaf haar een vriendschappelijke kneep in haar arm en wees naar Cindy Darko, die hen wenkte naar een van de schaars verlichte tafels met banken die langs de muren van de club stonden.

'We hebben het hele weekend nog niks van je gehoord,' zei Cindy. 'Waarom reageer je niet op onze berichtjes?'

'O, ik ben bezig geweest,' antwoorde Cally, terwijl ze op de bank tegenover hen schoof. 'Ik kwam gisteravond in de problemen aan de andere kant van de rivier. In Washington Square Park krioelt het van de Van Helsings.'

'Is alles wel goed met je?' Simons gezicht zag er bezorgd uit.

'Ja. Ik ben veilig weggekomen. Maar toen ik er was, heb ik wel gezien dat iemand gespietst werd.'

'Stichters, wees genadig!' Cindy snakte naar adem en sloeg van verbazing haar hand voor haar mond. 'Iemand die we kennen?'

'Nee.' Cally schudde haar hoofd. 'Het was een of ander Oudje.'

Simon en Cindy wisselden een blik van opluchting. 'Gelukkig, de Stichters zijn geprezen.' Cindy zuchtte.

'En, ben je klaar voor de grote test bij de verleidingsles van meneer Dirge komende week?' vroeg Simon.

'Eh, jaaa… Over school gesproken.' Cally wist dat ze zich op lastig terrein begaf, gezien de intense rivaliteit tussen het goeie ouwe Varney Hall en Bathory Academy. 'Er is nogal wat veranderd de afgelopen nachten…'

'Hoezo?'

'Het lijkt erop dat mijn klootzak van een vader grote plannen met me heeft.'

'Je vader?' Simon fronste zijn voorhoofd. 'Die ene die je nog nooit hebt gezien?'

'Juist ja, die.' Cally haalde diep adem. Ze wist dat het geen zin had om het uit te stellen. Ze kon het maar beter vertellen, dan was ze ervan af. 'Hij heeft besloten om mijn opleiding te "upgraden" door me naar Bathory Academy te sturen.'

'Je zit me te bulshitten!' Simons gezicht stond plotseling strak.

'Ik wou dat het zo was. Morgen is mijn eerste avond. Ik moet het schooluniform aan en de hele mikmak. Hij heeft vanmiddag de uniformen bij ons appartement laten bezorgen. Ik hoop dat jullie me er nooit in hoeven te zien.' Cally trok een gezicht vol afschuw.

'Maar Bathory is een school voor Oudbloeden!' riep Cindy uit.

'Het was zwaar genoeg op Varney Hall, dus ik kan me al voorstellen hoe welkom ik zal zijn op Bathory. Maar ik zal wel moeten.'

'Ja, nou ja, veel geluk ermee,' zei Simon, die nu al niets meer met haar te maken wilde hebben. 'Nu we het toch over school hebben: Cindy en ik kunnen maar beter gaan.'

'Huh?' Cindy was verbaasd over Simons plotselinge aankondiging. 'Gaan? Waarheen? Het is nog vroeg...'

'Je weet toch nog wel, Cindy.' Simon trok haar aan

haar elleboog met zich mee. 'We hebben morgen die toets over management van ondoden.'

'O ja? O! Oké. Dat is waar ook!'

'Het is oké. Ik begrijp het wel,' zei Cally toen de twee er snel vandoor gingen.

Ze had gehoopt op iets meer steun van Simon en Cindy en was gekwetst en teleurgesteld door hun reactie. Maar zelfs Cally voelde zich een verrader van de Nieuwbloeden, die ooit haar beste vrienden geweest waren.

'Vind je het goed als ik hier ga zitten?'

Cally schrok op uit haar donkere gedachten en was zeer verbaasd toen ze een bekend gezicht naar haar zag glimlachen. 'Wat doe jij hier?!' riep ze uit toen Peter in de bank tegenover haar schoof.

'Wachten tot jij kwam opdagen.'

'Achtervolg je me soms?' vroeg Cally. Ze wist niet zeker of ze het prettig moest vinden of niet. 'Hoe wist je dat ik hier zou zijn?'

'Ik heb zo mijn methodes om informatie te krijgen,' antwoordde hij. De blik in zijn ogen deed vermoeden dat het geen grapje was.

Cally hield ongelovig haar hoofd schuin. 'Hang je hier al de hele tijd rond in de verwachting dat ik wel een keertje zal opduiken? Waarom zou je dat doen?'

'Omdat ik je dan kan bedanken dat je mijn leven gered hebt.'

'Dat heb je gisteren al gedaan.'

'Wil je liever dat ik ga?' vroeg hij.

Cally keek in Peters ogen en voelde een aantrekkingskracht die nog sterker was dan de eerste keer dat hun blikken elkaar gevonden hadden. 'Nee,' gaf ze toe. Het was tamelijk ironisch dat hij net was verschenen toen Simon en Cindy vertrokken waren. 'Om eerlijk te zijn,' zei ze met een scheef lachje, 'ben ik eigenlijk wel blij om je te zien.'

'Ik hoopte al dat je dat zou zeggen.' Peter glimlachte en nam haar handen in de zijne. 'Cally, ik moet je iets bekennen. Sinds ik jou ontmoet heb, kan ik je niet meer uit mijn gedachten krijgen. Ik snap niet wat ik allemaal voel. Maar voel jij het ook?'

'Je weet niet wie ik ben,' fluisterde Cally, die niet wilde dat hij ophield.

Peters glimlach verdween en hij keek snel weg, niet in staat om haar in de ogen te zien. 'Ik weet meer dan je denkt… Ik heb je mijn achternaam niet verteld, Cally. Ik was bang om te zeggen hoe ik heet.'

'Bang?' Cally begon te trillen als een kolibrie die gevangen zit in een spinnenweb. 'Waarom zou je bang zijn voor mij?'

'Omdat ik dacht dat je me zou doden als je wist wie ik echt was.'

Terwijl ze naar Peters woorden luisterde, wist Cally dat ze niet wilde horen wat hij te zeggen had. Ze keek ongemakkelijk om zich heen, terwijl ze probeerde haar houding te hervinden en een glimlach terug te brengen op haar lippen. 'Waarom zou ik jou willen doden? Dat slaat nergens op.'

'Cally, ik heet Peter van Helsing.'

Cally zat lange tijd stil. 'Ik moet gaan,' zei ze als verdoofd en ze trok haar handen los.

Toen ze opstond, greep hij naar haar en pakte haar bij haar pols. 'Cally, het is niet wat je denkt! Je loopt geen gevaar! Ik wil je niks doen.'

'Laat me met rust!' snauwde ze en ze rukte zich los uit zijn greep. 'Blijf uit mijn buurt, Peter. Ik wil jou ook geen kwaad doen, maar als het moet dan doe ik het!'

En weg was ze.

Cally rende Metropolitan Avenue af en wreef boos de tranen uit haar ogen. Ergens moest ze onbewust vanaf het begin geweten hebben dat hij een Van Helsing was. Het ergerde haar nog het meest dat het allemaal zo cliché was: vampier en vampierjager die op het eerste gezicht voor elkaar vallen. Hoe suf kon het zijn? Ze was net zo zielig als haar moeder. Maar haar moeder wist tenminste meteen waar ze mee bezig was geweest; ze had het zelfs opgezocht.

Wat Cally betrof, was er niets ziekers en walgelijkers dan houden van iemand die zich gewijd had aan het systematisch uitroeien van het eigen volk. Behalve dan, in de naam van alles wat onheilig was, hopen dat ze hem nog eens zou zien.

Toen ze thuiskwam, stond Cally's moeder vlak achter de deur op haar te wachten. 'Daar ben je, lieverd! Morgen wordt een hele belangrijke nacht voor je, dus ik ga ervoor zorgen dat je een goeie dag slaap krijgt. En dat betekent niet laat opblijven om naar *The View* te kijken, jongedame.' Sheila sloeg haar armen om haar dochter heen en hield haar stevig tegen zich aan. 'Je zult er geen spijt van krijgen, ik beloof het. Je zult zien, het komt allemaal goed.'

'Ja. Vast.' Cally zuchtte en maakte zich los uit haar moeders omhelzing. 'Ik ga nog even douchen voor ik erin kruip.'

Cally's kamer was aan het einde van de gang. Ze sloeg de deur achter zich dicht en schopte haar schoenen uit. Alsof de gebeurtenissen van vanavond nog niet erg genoeg waren, zag ze als eerste de uniformen van Bathory Academy die over het voeteneinde van haar bed lagen, als de lege huid van een slang.

HOOFDSTUK 9

Er is niets aan de buitenkant van Bathory Academy wat erop wijst dat de studenten van deze school jonge vampiers zijn. Er is geen enkel teken dat duidt op de vreemdsoortige lessen die er gegeven worden; tenzij je de altijd gesloten luiken meetelt. Het prachtig ontworpen, drie verdiepingen hoge herenhuis aan East Ninety-first Street is gebouwd door een van de industriemagnaten uit de negentiende eeuw, toen de Upper East Side nog een buitenwijk was. Het enige gebouw in de buurt dat net zo oud is als Bathory Academy is de mannelijke tegenhanger ervan, de Ruthven Jongensschool, twee straten verder aan East Eighty-ninth Street.

Elke maandag- tot en met donderdagavond, van eind september tot begin mei, stopt er de ene na de andere limousine, waar een gestage stroom van meisjes uit stapt, allen gekleed in kastanjebruine blazer en grijze plooirok. Naar wat ze daarbinnen in de school doen, valt alleen maar te raden. De meeste nachten blijven de leerlingen op z'n minst tot twee uur 's nachts in het gebouw, maar soms zelfs tot vier uur. Af en toe verlaten groepjes leerlingen de school onder begeleiding van wat waarschijnlijk leden van de lerarenstaf zijn, en vertrekken in glanzende lange limo's op geheimzinnige nachtelijke excursies.

Op deze uitzonderingen na zijn de meisjes en hun leraren niet veel meer dan geesten voor generaties New Yorkers die in de buurt van de school wonen. En aangezien degenen die zich niet gewoon met hun eigen zaken bemoeien de vreemde neiging hebben om plotseling voor altijd te verdwijnen, is het veel veiliger voor alle betrokkenen om Bathory Academy eenvoudigweg te zien als een privéavondschool voor de kinderen van verwende rijken die geen zin hebben om bij het krieken van de dag op te staan en liever een gat in de dag slapen in het dure penthouse van hun ouders.

Zich aankleden was een van Cally's favoriete bezigheden. Ze had altijd al gevoel voor kleding en stijl gehad. Sinds ze groot genoeg was om te praten, had ze mogen aantrekken wat ze wilde, of in ieder geval voor zover haar portemonnee dat toeliet. Ze vond het geweldig om ongewone stoffen, linten en stukken kant te kopen, om de rokken en jurken die ze in tweedehandswinkeltjes en op markten vond, mee te pimpen.

Ze controleerde zichzelf in de spiegel en keek vol afschuw naar de kastanjebruine blazer en de grijze rok. Het was zo saai en nietszeggend, vergeleken met wat ze anders droeg. Meer dan ooit wenste ze dat ze een mens was, zodat ze een tatoeage kon nemen. Helaas genazen vampiers zo snel dat de inkt seconden nadat hij was aangebracht, letterlijk uit de huid geduwd werd. Misschien was er een andere, minder drastische manier om haar individualiteit te laten zien tijdens haar eerste nacht op haar nieuwe school.

Ze opende de sieradendoos op haar kleedtafel en haalde er een paar bakelieten armbanden uit die ze van haar oma geërfd had. De ene had een bleke olijfgroene kleur die bijna voor jade kon doorgaan; de andere was zonnebloemgeel. 'Dat is beter,' zei ze met een glimlach terwijl ze de armbanden om haar pols schoof. Haar lange haar stak ze op met een antieke speld.

Toen ze op het onbeschutte perron aan Marcy Avenue stond en de wind tegen haar onbeschermde benen sloeg, vond Cally nog een andere reden om haar nieuwe schooluniform te haten. Gezien het aantal wellustige blikken van griezels dat ze kreeg, was het ook een magneet voor viezeriken.

Toen ze de trap naar de school op liep, vroeg Cally zich af wat haar achter de bloedrode deuren van Bathory te wachten stond.

Het eerste wat ze zag toen ze binnenkwam, was een

groot schilderij van een uitzonderlijk aantrekkelijke vrouw met een melkwit gezicht dat omkranst werd door rossig haar. Ze stond er ten voeten uit op; de lila tint van haar golvende jurk liet haar lichtgevend groene ogen prachtig uitkomen. In één slanke hand hield ze een open rol onbeschreven perkament, in de andere een schrijversklauw.

Wat Cally vooral opvallend vond, was de blik in de ogen van de vrouw. Anders dan op andere vroegromantische schilderijen die Cally in musea had gezien, was er niets bescheidens of kokets in haar blik. In plaats daarvan straalde ze een mix van wijsheid, nieuwsgierigheid en vastbeslotenheid uit. Ze leek Cally verwachtingsvol aan te kijken, alsof ze zojuist een vraag gesteld had en geduldig op een antwoord wachtte.

Cally liep ernaartoe om het bronzen plaatje te bekijken dat op de onderkant van de schilderijlijst zat. Tot haar verbazing was het opschrift Engels, en niet het formele chtonische schrift van de Oudbloeden. Er stond: *Onze stichter: Morella Karnstein.*

Ondanks het feit dat het onderwerp van het schilderij al lang dood was, voelde Cally op de een of andere manier dat ze haar welkom heette op de school. Misschien zou ze zich hier toch thuis kunnen voelen. Maar eerst moest ze de administratie van de school zien te vinden om erachter te komen welke lessen ze allemaal had.

Cally keek om zich heen en was zich er plotseling van bewust hoe leeg het gebouw voelde. Er zouden op z'n minst zeventig leerlingen aanwezig moeten zijn, maar er klonk geen geroezemoes achter de gesloten deuren van de klaslokalen, of het gekletter van kluisdeurtjes in de gangen. Het enige geluid dat ze hoorde, was het snelle getik van nagels op een toetsenbord. Het kwam uit het kantoortje aan haar rechterhand.

Ze liep naar binnen en zag een vrouw van middelbare leeftijd. De vrouw droeg een grijs jasje en een grijze rok; haar lange donkere haar was hoog opgestoken en werd op zijn plek gehouden door een aantal strategisch geplaatste potloden met scherpe punten. Ze zat achter een bureau en voerde gegevens in op een computer.

Zodra ze Cally zag, stopte de secretaresse; haar vingers bevroren boven het toetsenbord. 'Wat doe jij boven de grond?' vroeg ze streng.

'Ik, eh… Het spijt me,' stamelde Cally, die schrok van de klank in haar stem. 'Ik ben een nieuwe leerling. Ik moest me melden bij de secretaresse zodra ik er was…'

'Jij bent de Nieuwbloed,' begreep de secretaresse. Ze trok haar bovenlip op alsof ze iets heel smerigs rook. 'En je bent te laat.'

'Dat weet ik,' zei Cally. 'Ik moest met de metro komen en dat duurde langer dan ik dacht…'

'Te laat komen wordt niet getolereerd op Bathory Academy. Net zo min als onreglementaire kleding, sieraden of accessoires,' zei de secretaresse bits. Ze keek afkeurend naar Cally's ongewone haardracht en de kleurige armbanden om haar pols. 'Misschien worden dat soort bizarre persoonlijke modestatements geaccepteerd op een school als Varney Hall, maar hier worden ze afgekeurd. Dat kunt u maar beter onthouden, juffrouw Monture.'

'Ja, mevrouw,' antwoordde Cally zachtjes.

De secretaresse stond op, liep snel naar een archiefkast en haalde daar een map uit. Ze beende naar een kopieermachine en kwakte een blad papier uit de map op de glasplaat. Haar lichaamstaal maakte duidelijk dat ze het bijna ondraaglijk vond om iets te doen voor een Nieuwbloed.

'Hier is je rooster,' zei de oudere vrouw. Ze duwde Cally het gekopieerde vel papier bijna in haar gezicht. 'Je moet je onmiddellijk in de grotto melden voor de bijeenkomst. Begrepen?'

'Ja, ik denk het wel.'

'Ga dan maar gauw naar de anderen,' zei de vrouw kortaf en ze sloeg de deur achter Cally dicht.

'Hartelijk bedankt, trut,' mompelde Cally voor zich uit toen ze weer in de gang stond. Ze keek fronsend op haar rooster.

Het was gesteld in chtonisch schrift, de geschreven taal van de Stichters. Het leek een soort kruising tussen Chinees, Soemerisch en hanenpoten. Ze had een vereenvoudigde versie van de taal geleerd op Varney Hall, maar kende deze formelere versie waaraan de Oudbloeden de voorkeur gaven niet. Het zou enige moeite van haar kant kosten om precies uit te vinden waar en wanneer ze welke lessen had. Om alles nog wat erger te maken, had Cally geen idee waar ze de grotto kon vinden.

Ze keek om zich heen in de hoop een leerling of leraar te zien, maar de begane grond van de school was uitgestorven, op een ondode bediende in een grijs conciërge-uniform na, die langzaam een bezem door de gang duwde.

Aangezien haar familie geen bedienden had, was Cally niet opgegroeid met ondoden om zich heen, zoals de meesten van haar Nieuwbloedvrienden. Ze kreeg de kriebels van ze. Ze was niet bang voor ze of zo. Het was meer dat ze niet wist waar ze moest kijken of wat ze moest zeggen als er een ondode in de buurt was. Het leek haar supervreemd om bediend te worden door mensen die jij – of in ieder geval iemand uit je familie – vermoord had.

Ze liep naar de vegende conciërge en kuchte beleefd in haar hand. 'Pardon…?'

De conciërge bleef zijn bezem over de vloer duwen.

'Hallo?' zei Cally, nu iets luider, en deze keer tikte ze hem op zijn schouder.

De man met de bezem schrok op. Hij draaide zich naar haar om met een perplexe uitdrukking op zijn gezicht. 'Heeft u het tegen mij, juffrouw?' vroeg hij, kennelijk hoogstverbaasd dat dat zo zou kunnen zijn.

'Het spijt me dat ik u stoor bij uw werk, maar ik hoopte dat u me, eh… de weg kon wijzen.'

'Ik ben maar de conciërge, juffrouw.'

'Ja, dat zie ik. Ik wil alleen weten waar de grotto is.'

'Die is op de derde verdieping, juffrouw,' zei de conciërge en hij richtte zich weer op zijn bezem.

'Is de grotto boven?' vroeg ze fronsend. Ze keek naar de verdiepingen boven haar.

'Nee, juffrouw,' antwoordde de conciërge. Hij schudde zijn hoofd. 'Beneden.'

'En hoe kom ik daar?'

De bediende zei niets maar wees naar een deur aan de andere kant van de gang, waar *conciërge* op stond.

'Maar dat is de bezemkast of zo.' Cally fronste nog harder dan eerst. Ze draaide zich om om nog een vraag te stellen, maar zag dat hij zijn bezem al naar het einde van de gang had geduwd en de hoek om verdween.

Cally krabde zich op haar hoofd, in de war gebracht door de instructies van de conciërge. Toch liep ze voor de zekerheid naar de andere kant van de gang en gluurde in het schoonmaakhok. In plaats van een stel dweilen en bussen met vloerwas, zag ze een grote smeedijzeren kooilift, compleet met ondode liftbediende gekleed in een kastanjebruin jasje met het Bathory Academy-insigne op de borstzak.

'Ik moet naar de grotto,' zei ze aarzelend.

De liftbediende had dezelfde vage blik in zijn ogen als de conciërge; Cally begon het griezelig te vinden.

'Heel goed, juffrouw,' zei de bediende. Hij trok eerst de kooideur en daarna de vouwdeur van de lift achter haar dicht.

Cally pakte een van de stangen aan de zijkant vast om haar evenwicht te bewaren toen de lift plotseling in beweging kwam. 'Ik ben hier nieuw,' legde ze uit. 'Kunt u me uitleggen wat de grotto is?'

'Dat weet ik niet, juffrouw,' antwoordde de liftbediende, zijn ogen strak voor zich uit gericht. 'Die heb ik nooit gezien.'

Cally fronste haar wenkbrauwen in reactie op zijn antwoord. 'U bedoelt dat u hier werkt en dat u niet weet wat de grotto nou eigenlijk is?'

'Ik ben de liftbediende, juffrouw,' antwoordde hij, alsof dat alles verklaarde. 'Het is mijn taak om de leerlingen en staf van de ene verdieping naar de andere te brengen. Dat doe ik al sinds... Welk jaar is het nu, juffrouw?'

'2008.'

'Aaah.' Hij knikte langzaam. 'In dat geval sta ik al honderdenzevenentwintig jaar in deze lift. Dat is het enige wat ik doe. Het enige wat ik ooit zal doen.'

'Oké. Ik begrijp het,' zei Cally, die nu serieus de kriebels kreeg. Ze besloot om de rest van de lange tocht naar de mysterieuze grotto in stilte af te leggen.

Toen ze uit de lift stapte, hoorde Cally een mix van gezoem en een hoog gefluit, alsof iemand boos met een bijenkorf vol bijen geschud had en die vervolgens in een grot vol vleermuizen had gegooid. Ze liep in de richting van het geluid, door een lange gewelfde gang die eindigde bij een grote deuropening. De massieve metalen deuren stonden open.

Toen ze dichterbij kwam, veranderde het gezoem in het geluid van tientallen stemmen die opgewonden door elkaar heen praatten. Het gefluit bleek het ultrasone gepiep te zijn van diegenen die de ware taal spraken, de oude taal van de Stichters.

Cally stapte over de enorme drempel en zag dat ze niet in een kamer was, maar in een grot, zo groot en indrukwekkend als een kathedraal. Het dak welfde zich zestig meter boven haar hoofd en werd gesteund door zes enorme, uit rots gehouwen pilaren. Op haar tiende had ze met haar grootmoeder een tocht naar de Howegrotten gemaakt, en als ze zich goed herinnerde wat de gids verteld had, waren de enorme rotspunten die van het plafond naar beneden hingen stalactieten en de punten op de grond die op enorme tanden leken stalagmieten.

Maar hoe wonderbaarlijk de grotto ook was, het was nog veel wonderbaarlijker om zo veel vampiers bij elkaar op één plek te zien. De meeste waren in hun menselijke gedaante en droegen het uniform van Bathory Academy of van Ruthven. Ze zaten gehurkt als gargouilles boven op de stalagmieten. Maar er waren er ook een boel in hun gevleugelde vorm, die met hun hoofd naar beneden aan de steile wanden en de grote stalactieten hingen, als tabaksbladeren die in een schuur hangen te drogen.

Terwijl Cally haar weg zocht tussen de doolhof van rotsformaties en uitkeek naar een plek om te gaan zitten, draaiden degenen die zich al van een plaats verzekerd hadden zich naar haar toe om haar te bekijken. Hun ogen glansden in het zwakke licht. Ze was zich er pijnlijk van bewust dat ze een nieuw, onbekend gezicht was tussen vampiers die bekendstonden om hun neiging één kliek te vormen.

Toen ze probeerde op een lege stalagmiet te klimmen, sprong een meisje met rood haar en smaragdgroene ogen er van een nabije rotsformatie bovenop en siste naar Cally als een kat die een insluiper probeert weg te jagen. 'Deze plek is bezet!'

Cally wilde het roodharige meisje zeggen dat ze de pot op kon, maar om al meteen op haar eerste dag ruzie te gaan maken was waarschijnlijk niet de beste manier om hier te beginnen. Ze mompelde een verontschuldiging en keek verder. Het kostte haar ongeveer een minuut om een zitplaats te vinden en snel klom ze erop.

'Mag ik uw aandacht, alstublieft?'

Het was niet echt een vraag. Toen de woorden door de grot galmden, werden de verzamelde leerlingen direct stil en draaiden zich in de richting van de stem. Cally deed hetzelfde en zag een vrouw met een rond brilletje met edelstenen erop en een dramatische witte streep in haar ravenzwarte haar. Ze stond in de opening van een kleine grot die als een preekstoel hoog boven de vloer van de grotto hing.

'Ik zal mij even voorstellen, ten behoeve van onze broeders van Ruthven. Ik ben madame Nerezza, hoofd van Bathory Academy. Onze scholen zijn hier vanavond bijeen om stil te staan bij de dood van een van ons, die zaterdagochtend vroeg is aangevallen door Van Helsings. Haar naam was Tanith Graves, dochter van Dorian en Georgina Graves, en ze was derdejaars hier op Bathory.'

Er ging een vlaag van beroering door de grot terwijl de leerlingen elkaar aankeken. Een paar van hen waren duidelijk verbaasd, maar de meerderheid bleef gewoon stil zitten, stil als de rotsen waarop ze hurkten.

'Ik wil graag mijn medeleven betuigen in deze tijd van verlies en rouw, ook namens de staf van zowel Bathory als Ruthven, aan de familie en vrienden van juffrouw Graves.

Zoals u allemaal weet, werden de Stichters van ons volk meer dan tweeduizend jaar geleden opgeroepen uit de onderwereld, om daarna tot de ontdekking te komen dat ze in deze dimensie gestrand waren. Sinds die vroegste dagen heeft ons volk moeten worstelen om te overleven in een wereld die niet de onze is. En toch zijn we er, ondanks alles, niet alleen in geslaagd om te overleven, maar zelfs om goed te gedijen. Ons succes is echter niet zonder slag of stoot tot stand gekomen; en vaak zijn we gedwongen een hoge prijs te betalen.

Als er iets positiefs valt te leren van deze tragedie, zou dat dit moeten zijn: Van Helsings zijn heel erg écht.

Ik realiseer me dat dit een spannende tijd is voor u, leerlingen. U staat op de grens van volwassenheid en u kunt niet wachten om te experimenteren, uw vleugels uit te slaan, zowel figuurlijk als letterlijk. U hongert ernaar om de nacht te omhelzen, zoals ook uw geboorterecht is. Maar houd uzelf niet voor de gek! Dat u sterker en sneller bent dan mensen, en krachten bezit die zij missen, betekent niet dat u niks van hen te vrezen heeft!'

Madame Nerezza pauzeerde even en keek uit over de zee van jonge gezichten. Toen gebaarde ze met haar linkerhand en beval: 'Kijk naar degene die links van u zit.'

Cally keek naar links en zag naast zich een meisje met zwart haar, dat ze in twee dubbele vlechten met rode linten droeg.

'En kijk nu rechts van u,' instrueerde de directrice.

Alle hoofden draaiden braaf om; behalve van het meisje aan Cally's rechterkant. In plaats van naar de achterkant van haar buurvrouws hoofd, keek Cally recht in het gezicht van het blonde meisje dat ze had uitgedaagd in het park. Te oordelen naar de uitdrukking van pure, onvermengde haat die uit haar keiharde, staalblauwe blik straalde, herkende het meisje Cally ook.

'De koude, wrede waarheid is dat binnen honderd jaar een van u drieën dood zal zijn,' zei madame Nerezza monotoon. 'Zo is het leven voor onze soort.

En het is de plicht van onze scholen om u daarop voor te bereiden.'

Cally slikte en keek snel weg van de verschroeiende blik van het meisje. Iets vertelde haar dat ze geen honderd jaar zou hoeven te wachten om erachter te komen of de voorspelling van de directrice juist was.

HOOFDSTUK 10

Toen iedereen aanstalten maakte om te vertrekken, sprong Lilith van haar rots en keek zoekend rond tussen de leerlingen die de grotto uit stroomden. Ze hoopte Jules te ontdekken. Ze moest hem vinden voor hij weer naar Ruthven ging, om hem te vertellen dat ze zojuist de Nieuwbloed uit het park had gezien.

Ze zigzagde tussen een groepje stalagmieten door en hoorde Jules' stem ergens voor zich. Toen ze om een kegelvormige rots heen liep, zag ze hem naast een van de grote zuilen staan die het dak van de grotto onder-steunden. Hij keek omhoog naar het plafond.

'Geprezen zijn de Stichters dat ik je gevonden heb,' zei ze terwijl ze naar hem toe rende.

'Hé, Lili.' Hij draaide zich om en begroette haar. 'Ik stond met mijn neef te praten,' legde hij uit en hij wees omhoog.

Lilith keek naar boven, recht in het gezicht van

Xander Orlock. Jules' neef hing tegen de zijkant van de zuil als een hagedis tegen een tuinmuurtje.

'O, ja. Hoi, Exo.' Lilith probeerde haar afschuw te verbergen toen ze naar zijn gezicht keek.

Anders dan de meeste leerlingen van Bathory en Ruthven, gebruikte Xander geen bruiningscrème op zijn gezicht. Hij was zo bleek dat zijn huid haast doorschijnend leek en een bijna blauwige teint had. Door zijn grote uitpuilende ogen, zijn onnatuurlijk lange vingers en zijn puntige oren, vond Lilith het moeilijk te geloven dat Xander familie was van Jules.

'Hallo, Lilith.' Xander sliste een heel klein beetje. Door inteelt aan vaderskant van zijn familie, had hij moeite om zijn bijttanden helemaal in te trekken, wat zijn spraak enigszins beïnvloedde.

'Herinner je je die trut van een Nieuwbloed nog die ons in het park bijna gedood had?' vroeg Lilith aan Jules.

'Die uit het park?' Jules fronste zijn voorhoofd. 'Wat is er met haar?'

'Ze is hier in de grotto!'

'Zit er een Nieuwbloed op Bathory?' vroeg Xander. 'Hoe kan dat dan?'

'Ik weet het niet.' Lilith gromde van afschuw. 'Misschien is ze toch geen Nieuwbloed. Dat, of Nerezza zit verlegen om het inschrijfgeld.'

'Weet je zeker dat zij het is?' vroeg Jules.

'Ja, honderd procent! Ik vergeet haar gezicht nooit

meer, zo lang als ik leef!' snauwde Lilith. 'Ze zat naast me tijdens de bijeenkomst. Ik zou haar ter plekke vermoord hebben als de directrice er niet geweest was!'

'Ho, Lilith. Het heeft geen zin om overhaaste dingen te doen,' zei Jules. 'Je weet dat vendetta's niet uitgevochten mogen worden op school. Als je haar iets probeert te doen binnen een kilometer van hier, word je niet alleen van school getrapt, maar dan slepen ze je ook voor de Synode en berechten je als een crimineel.'

'Ik heb eigenlijk nog nooit een echte Nieuwbloed gezien.' Xander grijnsde. 'Misschien blijf ik hier nog wel even rondhangen om haar te bekijken.'

'Hou je kop, Exo,' snauwde Lilith. Het lukte haar niet langer om haar irritatie over zijn aanwezigheid te verbergen. 'Niemand heeft het tegen jou!'

'Oké. Ik weet wanneer ik ongewenst ben.' Xander zuchtte. Hij keerde zich snel om op de zuil en haastte zich terug het donker in.

'Ugh! Ik snap niet dat je die nerd in je buurt kunt verdragen.' Lilith huiverde.

'Ik geef toe, hij is wel een beetje nerdy. Maar hij is best oké. En hij krijgt nou niet echt veel kans om in z'n eentje sexy meiden te ontmoeten.' Jules lachte. 'Exo hangt al om me heen sinds we klein waren. Je had niet tegen hem hoeven te schreeuwen.'

'Of Exo wel of niet een date scoort, interesseert me geen bal,' zei Lilith kattig. 'Ik wil weten wat die trut van een Nieuwbloed hier doet. Eerst duikt ze op in het park vlak voordat de Van Helsings aanvallen en nu is ze hier! Ik mag haar niet, Jules. Er klopt iets niet aan haar. Dat voelde ik al zodra ik haar zag. Wat als ze onder één hoedje speelt met de Van Helsings?'

'Lilith, de Van Helsings probeerden haar ook te doden.' Jules zuchtte. 'Ik was erbij, weet je nog? Trouwens, als zij die Van Helsing niet te grazen had genomen, was jij waarschijnlijk net zo dood als Tanith.'

'Waarom neem je het voor haar op?' snauwde Lilith. Haar ogen spuwden blauw vuur. 'Zeg je soms dat je liever wou dat ik dood was?'

'Dat is onder de gordel, Lilith,' antwoordde Jules gekwetst. 'Ik zeg alleen dat je het misschien een beetje rustig aan moet doen. Ik wil niet dat je gewond raakt…'

'O, dus nu denk je dat ik niet tegen haar opgewassen ben, is dat het?' zei Lilith scherp.

'Oké tortelduifjes, ophouden,' zei coach Morgue terwijl ze op hen af kwam lopen. 'Todd, als de bliksem naar de kleedkamer en omkleden voor gedaanteverwisseling. En jij, meneer de droomprins,' ze wees met één vinger naar Jules, 'maak dat je wegkomt, hup, naar Ruthven. *Pronto*!'

'Ja, coach,' zei Jules, die stiekem blij was dat hij kon ontsnappen.

Terwijl hij in de richting van de tunnel rende die de grotto verbond met de Ruthven Jongensschool, probeerde Jules niet te denken aan de vreemde blik in Liliths ogen toen ze vertelde over de Nieuwbloed. Hij wist hoe obsessief Lilith soms kon zijn. Hij hoopte dat het gauw voorbij zou zijn, waar ze zich ook druk over maakte, en dat ze weer normaal zou doen. Dat was eigenlijk wat ze allemaal wilden: dat alles weer zo was als vóór het park. Dat was toch niet te veel gevraagd?

Cally stond op een grote lege plek in het midden van de grotto en keek omhoog naar de enorme zuilen van levende rots die het kathedraalachtige dak ondersteunden. 'Ik heb nooit geweten dat er zulk soort grotten waren onder Manhattan,' fluisterde ze bewonderend.

'Die zijn er ook niet.'

Ze draaide zich om en zag dat achter haar het meisje met de vlechten stond dat ze eerder gezien had. Alleen waren er nu twee van haar, een met rode linten in haar haren en een met blauwe. Cally knipperde even met haar ogen om te zien of het geen verbeelding was, maar de dubbelganger verdween niet.

'Ze bedoelen dat dit allemaal niet echt is,' zei een meisje met turkooizen kralen in haar haren. 'Tenminste niet zoals jij denkt. Het is geen natuurlijke grot; hij is met de hand uit de rotsen gehakt. Alles wat je hier ziet, is in het midden van de negentiende eeuw gemaakt.'

'Is dit echt door mensen gebouwd?' zei Cally ongelovig. Ze keek opnieuw om zich heen. Deze keer merkte ze inderdaad dat er een patroon te ontdekken viel in de stalactieten en stalagmieten, in hun grootte, vorm en positie. Hetzelfde gold voor de gigantische zuilen, waarvan ze nu zag dat ze allemaal precies op gelijke afstand van elkaar stonden.

'Min of meer. Ze hebben ondoden gebruikt voor het werk. Het heeft ze meer dan dertig jaar gekost om deze plek uit te graven en te hakken, vierentwintig uur per dag, zeven dagen per week. Hij is ontworpen om ons te kunnen leren vliegen hierbeneden.'

'Indrukwekkend gymzaaltje,' grinnikte Cally. 'Bedankt voor de info. Ik heet trouwens Cally Monture.'

'Ik ben Melinda Mauvais. En die twee daar zijn Bella en Bette Maledetto.'

'Ik ben Bella,' zei de tweelingzus met de blauwe linten.

'Bette,' zei die met de rode.

'Leuk jullie te leren kennen.'

'Leuke armbanden,' vond Melinda. 'Waar heb je die vandaan?'

'Deze?' Cally hield haar linkerarm omhoog en liet de armbanden om haar pols rinkelen. 'Mijn oma heeft ze aan me gegeven voor ze, eh… vertrokken is naar Europa.'

'Hebben we elkaar al eens eerder gezien?' vroeg Melinda. Ze hield haar hoofd scheef en bekeek het kapsel van het nieuwe meisje. 'Ga je wel eens naar de Belfry?'

'Ben bang van niet,' antwoordde Cally en ze schudde haar hoofd. 'Is dat een club of zo?'

'Ja, aan West Twentieth Street.'

'O,' zei Cally. 'Ik ga meestal verder downtown uit. Je weet wel, SoHo, Tribeca…'

'Misschien heb ik je daar dan wel eens gezien,' besloot Melinda. 'Ik ga ook vaak daar uit.'

'Melly!'

Melinda draaide zich om en zag Lilith op haar afstormen. Voor ze antwoord kon geven, greep Lilith haar bij haar bovenarm en loodste haar bij Cally vandaan.

'Wat denk je dat jij aan het doen bent?!' siste Lilith tegen haar vriendin.

'Ik stond gewoon even met het nieuwe meisje te praten,' antwoordde Melinda, die niets begreep van Liliths woede. 'Wat is er met jou aan de hand?'

'Weet je niet wie dat is?'

'Ze zei dat ze Cally nogwat heette…'

'Zij is die Nieuwbloed uit het park; zij heeft ervoor gezorgd dat Tanith nu dood is!' snauwde Lilith.

Melinda fronste haar wenkbrauwen. 'Ik dacht al dat ze me bekend voorkwam! Maar wat doet een Nieuwbloed hier?'

'Ik weet het niet. Maar wat ik wel weet, is dat ik niet wil dat je met haar praat. Weet je, Melly,' gromde Lilith, 'ik heb altijd door de vingers gezien dat je bevriend bent met die halfbloed Maledetto's, ook al weet je dat hun vader de gezworen vijand is van mijn vader. Maar aardig doen tegen een Nieuwbloed – en zeker deze – is iets heel anders. Ik zou het heel erg vinden als dit onze vriendschap zou verpesten. Begrepen?'

'Helemaal.' Melinda vertrok haar gezicht toen Liliths greep om haar arm zich verstevigde.

'Wie is die idioot?' vroeg Cally. Ze wees naar het meisje met het blonde haar dat zojuist Melinda had meegesleept.

'Dat is Lilith Todd,' antwoordde Bella.

'Todd? Net als Victor Todd?' Cally's ogen werden groot van verbazing.

'Dat is haar vader,' zei Bette.

'Oké, dames. Genoeg gekletst,' schreeuwde coach Morgue. Ze klapte in haar handen. 'Ik wil dat iedereen die hierbeneden hoort te zijn nu naar de kleedkamer gaat en over vijf minuten omgekleed in de grotto verschijnt voor de les. Dus ook jij, Mauvais! En jij, Maledetto! Nee, jij niet, de andere Maledetto. Laat het me niet nog een derde keer zeggen, Todd. Ik meen het. En de rest: naar de klas waar je hoort te zijn! Dat we hier in de grotto zijn toegesproken, betekent niet dat jullie er het eerste uur met de pet naar kunnen gooien!'

'Pardon,' zei Cally. Ze keek op haar rooster en toen weer naar de vrouw in het grijze trainingspak met daaronder een paar zwarte All Stars, een fluitje om haar hals en een pet van de Yankees laag over haar ogen getrokken. 'Bent u coach, eh… Morgue?'

'Ik ben niet je suikertante, dat is zeker. Ja, ik ben Morgue. Jij bent zeker het nieuwe meisje.'

'Ja, mevrouw. Ik ben Cally Monture.'

'Kom mee, Monture,' zei Morgue. Ze leidde haar de grot uit, terug door de tunnel naar haar kantoortje. 'Hier heb ik wat spullen voor je voor verwisseling.'

'Verwisseling?' In Cally's maag begon er van alles te bewegen, alsof er een zwerm bijen rondvloog. 'Is dit gedaanteverwisseling?'

'Natuurlijk,' antwoordde coach Morgue. Ze keek de nieuwe leerling nieuwsgierig aan terwijl ze een kast opende en er een pakje van rode badstof met korte mouwen en een rits van voren uit pakte. 'Wat dacht je anders dat we hier in hemelsnaam deden? Linedancing? Yoga? Alsjeblieft, Monture. Aantrekken.'

'Meent u dat?' riep Cally uit. Ze hield het kledingstuk omhoog bij de mouwen.

'Ik geef toe dat het niet de meest sexy outfit op aarde is, maar het is betoverd zodat het met je mee verandert. Hoef je niet naakt rond te rennen daarzo. En dat is het enige wat telt, wat mij betreft. O, en doe die dingen van je pols en uit je haar.' Coach Morgue knikte naar de sieraden die Cally droeg. 'Je wilt niet dat ze afbreken wanneer je van gedaante verwisselt.'

Toen Cally het kantoortje van coach Morgue uit liep, ging de deur van de kleedkamer aan de andere kant van de gang open. Er kwam een groepje leerlingen uit. Op het moment dat ze elkaar passeerden, staarde Lilith Cally aan met ogen als geweerlopen en botste toen zo hard tegen haar op dat Cally het gympakje liet vallen. Ze bukte zich om het op te rapen, maar het meisje met

het rode haar dat haar al eerder in de grotto had uitgedaagd, stapte op haar hand, boven op haar vingers.

'Au!' gilde Cally. Ze trok haar hand onder de voet van
het meisje vandaan. 'Kijk uit!'

'Oeps!' zei het meisje en ze lachte gemeen naar Cally.
'Het spijt me echt! Ik zag je niet, omdat je zo ver onder
me zat.'

De andere meisjes barstten uit in een neerbuigend
gelach. De groep liep verder de gang door en Lilith
wierp een blik over haar schouder die zo donker en
koud was als ijs op de snelweg.

Cally kleedde zich om in het gympakje en schudde
wanhopig haar hoofd. Ze was nog maar nauwelijks een
uur bezig aan haar eerste dag en ze was al het pispaaltje
van de dochter van een van de bekendste Oudbloeden
ter wereld.

Ze haastte zich van de kleedkamer naar de rest van
de groep. Ze zei tegen zichzelf dat het geen zin had om
alleen te focussen op het negatieve. Daarmee kwam ze
niet waar ze zijn wilde. Oké, Lilith had de pik op haar.
Cally kon het haar niet echt kwalijk nemen, na wat er
in het park gebeurd was. Maar dat betekende nog niet
dat het ook zo moest blijven tussen hen.

Zoals zij het zag, had ze twee opties. Of ze kon hun
gepest over zich heen laten komen als een hond die een
pak slaag krijgt, of ze nam het initiatief en probeerde
de zaken tussen haar en Lilith op te lossen. Het was
alleen niet erg makkelijk om je zelfverzekerd en vol

zelfvertrouwen te voelen met een gympakje aan dat opkroop tussen je billen.

'Kom hier om me heen staan, meiden.' Coach Morgue gebaarde met haar klembord. 'Vanavond gaan we voor snelheid.' Ze hield een stopwatch omhoog. 'Het is een must om snel van gedaante te kunnen verwisselen als je in beweging bent. Als je door Van Helsings achternagezeten wordt bijvoorbeeld, kun je geen waardevolle tijd verdoen wanneer je van de ene vorm in de andere verandert. Je transformatie zou net zo gemakkelijk moeten gaan als het aantrekken van een jas. Als je moet stoppen om van gedaante te kunnen veranderen, stop je inderdaad – voor eeuwig. Wie wil er eerst?'

De leerlingen keken ongemakkelijk om zich heen. Niemand stak zijn hand op.

'Oké, als het er zo voor staat, dan kies ik iemand. Jij, Mauvais. En de rest van jullie: geef haar wat ruimte.'

Melinda deed een stap naar voren. Ze trok een moeilijk gezicht en friemelde aan de kralen in haar haren. 'Moet ik echt, coach?'

'Heb ik jullie niet gezegd dat je je haar niet zo opgestoken of gevlochten moet dragen als we gedaanteverwisseling gaan doen? Het is niet mijn fout als je niet oplet, Mauvais.'

Melinda zuchtte. De andere meisjes vormden een halve cirkel om haar heen.

'Klaar?' vroeg coach Morgue met haar duim op het

startknopje van de stopwatch.

Melinda knikte.

'Af!'

Melinda's ogen draaiden weg zodat het wit zichtbaar werd en haar lichaam begon schokkerig te bewegen, als een spartelende vis op het droge. Er klonk een nat, ploppend geluid toen de botten in haar lichaam zich van elkaar losmaakten en onder haar huid begonnen te schuiven. Haar handpalmen werden donker en zwollen op tot kussentjes, intrekbare klauwen sprongen uit haar nagelbedden. Toen gooide Melinda haar hoofd naar achteren en opende haar mond zo ver als ze kon; gele tanden gleden uit haar tandvlees. Haar oren werden langer en puntiger en schoven langzaam naar de bovenkant van haar hoofd. Uit haar keel kwam het gebrul van een grote kat.

Er klonk een geluid alsof iemand met een honkbalknuppel op een zak half verrotte sinaasappels sloeg, en haar neus en voorhoofd bogen plotseling naar voren alsof iets binnen in haar schedel zich een weg naar buiten probeerde te slaan. Ze trok haar lippen terug in een grimas, terwijl de brug van haar neus langer en breder werd. Op hetzelfde moment begon het haar boven op haar hoofd te kronkelen alsof het leefde, waardoor de kralen alle kanten uit schoten. Haar haren breidden zich uit over haar ruggengraat en haar schouders als een razendsnel groeiende klimplant, tot ze haar hele lichaam bedekten. Ten slotte was ze niet meer in staat te blijven staan en ze liet zich op vier poten vallen. Uit haar getransformeerde borst kwam een diep, keelachtig geluid dat het midden hield tussen dat van een spinnende kat en een grommend roofdier.

'En klaar!' riep coach Morgue terwijl ze op de stopknop drukte. 'Achtentwintig komma vijf zeven seconden.' Ze pakte de balpen die achter haar oor gestoken zat en noteerde iets op haar klembord.

Wat in het midden van de halve cirkel op de grond zat was niet echt een panter, maar meer een benadering van dat dier. Op het eerste gezicht leek het op een grote kat uit het oerwoud, maar toen Cally beter keek, zag ze dat het grommende beest niet alleen een staart miste, maar ook nog duimen had in plaats van achtertenen.

'Had ik een goeie tijd?' vroeg Melinda hoopvol toen ze weer terugveranderd was naar haar menselijke gedaante.

'Niet slecht, maar het moet beter,' antwoordde coach Morgue. 'Raap die kralen nu maar op.'

'Het gaat eeuwen kosten om die er weer allemaal in te rijgen!' kreunde Melinda en ze knielde om de overal verspreid liggende turkooizen kralen op te rapen.

'O, wat heb ik een medelijden, Mauvais,' bromde coach Morgue. 'Misschien luister je dan de volgende keer naar me als ik zeg dat je iets niet moet doen. Oké, Monture: jij bent de volgende.'

'Hè? Wie? Ik?' Cally keek om zich heen met een verwarde uitdrukking op haar gezicht.

'Ja, jij. Ga op je plek staan.'

'I...i...ik weet niet of ik dit wel kan, coach...'

'Natuurlijk kun je dat wel!' zei de coach boos. 'Het is een kwestie van willen.'

'Nee, dat bedoelde ik niet,' antwoordde Cally. Haar wangen kleurden rood. 'Op mijn oude school kregen we pas in het vierde jaar gedaanteverwisseling.'

'Echt waar? Dan pas?' Coach Morgue fronste haar wenkbrauwen. 'Waar zat je dan op school?' vroeg ze. Ze bladerde door de papieren op haar klembord. 'Académie Cauchemar in Parijs? Glamis School in Schotland?'

'Varney Hall.'

'Wat?!' Coach Morgue liet bijna haar klembord vallen. 'De directrice heeft niet gezegd dat je een Nieuwbloed bent.' Ze wenkte Cally, die voorzichtig een stap naar voren zette. 'Kijk, meisje. Dit is een gevorderdenklas. Alle andere meisjes hebben vorig jaar de introductielessen gedaanteverwisseling gedaan. Tot ik met de directrice gepraat heb en erachter ben wat hier aan de hand is, wil ik niet dat je met de rest van de klas aan het werk gaat. Het laatste wat je wilt, is dat je de rest van je leven kreupel bent omdat het je niet lukt een schenkel terug te veranderen in een scheenbeen, of je vingerbotjes op de goeie manier weer in te trekken. Ervan uitgaand dat je überhaupt van gedaante kunt verwisselen.'

'Betekent dat dat ik nu kan gaan?'

'Dat zou je willen,' snoof coach Morgue. 'Het betekent dat je rondjes gaat lopen. En wel vanaf nu.'

Toen Cally voor de vijfentwintigste keer langs de stalagmiet liep die eruitzag als een gesmolten Vrijheidsbeeld, maakte een donkere figuur zich los uit de schaduwen boven haar hoofd en dook naar beneden, met zijn zwarte vleugels wijd uitgespreid en zijn bek vol scherpe tanden open.

Een seconde voor het wezen landde, trilde het als een fata morgana en coach Morgue stond voor haar, nog steeds gekleed in haar trainingspak. 'Dat is genoeg voor vannacht, Monture. Hup, naar de douches.'

'Dat was fantastisch, coach,' bracht Cally uit. 'Ik zag u niet eens veranderen.'

'Dat is ook precies de bedoeling. In het begin gaat het bij iedereen langzaam, maar zodra je het onder de knie begint te krijgen, lukt het je om het in een oogwenk te doen. Ik heb met madame Nerezza gesproken over je situatie. Ik wil graag een indruk krijgen van wat je fysiek wel en niet aankunt. Je moet je na school vannacht hierbeneden melden; ik zal je vaardigheden dan eens goed bekijken en testen.'

'Prima coach, bedankt.'

'O, trouwens, Monture. Waarom corrigeerde je me niet toen ik je een Nieuwbloed noemde?'

'Sorry?' vroeg Cally, die niet goed begreep wat de oudere vrouw bedoelde.

'Nerezza zegt dat je hier zit met een beurs uit een na-latenschap,' zei de coach betekenisvol. Toen Cally niet antwoordde, zuchtte Morgue en schudde haar hoofd. 'Dat maakt je een Oudbloed, Monture,' legde ze uit.

'Van één kant maar, mevrouw,' zei Cally zacht.

'O!' riep de coach uit. 'Dus je bent een Halfbloed, hè? Nou ja, één ouder van de Maledetto's is een Nieuwbloed, en zij behoren tot mijn betere studenten.'

Toen ze terugliep naar de kleedkamer, zag Cally Lilith Todd in haar eentje lopen. Ze greep meteen haar kans en versnelde haar pas om Lilith in te halen. 'Lilith?'

Het blonde meisje draaide zich om, maar zodra ze Cally zag, verstrakte haar gezicht en schoot er pure, onvermengde haat uit haar blauwe ogen. 'Wat moet je, groentje?'

'Alleen maar praten, dat is alles,' antwoordde Cally. 'Kijk, ik realiseer me dat we niet echt een goede start hebben gemaakt, een paar dagen terug. Ik heb me een beetje laten meeslepen, maar ik bedoelde er niets mee, echt niet. En het spijt me van je vriendin. Dat meen ik. Maar nu we samen op school zitten, heeft het niet veel zin om vijanden te blijven. Dus, wat zeg je ervan?' vroeg ze en ze stak haar open hand uit naar Lilith. 'Zand erover?'

Lilith keek alsof Cally een hand vol verse mest naar haar uitstak. 'Ik weet niet wat voor spelletje je met me probeert te spelen, trut, maar ik trap er niet in.'

'Spelletje? Wat voor spelletje?' vroeg Cally. Ondanks

haar oorspronkelijke wens om hun ruzie bij te leggen, voelde ze dat ze boos begon te worden. 'Ik probeer alleen maar vriendelijk te doen…'

'Vriendelijk is voor losers, Monture.' Liliths gezicht was vertrokken van walging. 'Ik begrijp werkelijk niet hoe je madame Nerezza zo ver hebt weten te krijgen dat ze je op Bathory heeft toegelaten, maar als je blijft, zul je het alleen maar moeilijk krijgen. Heel moeilijk.

Je bent er in het park gemakkelijk van afgekomen omdat je me verraste met die stormtruc van je. Maar dat gebeurt me niet nog een keer. Als je weet wat goed voor je is, maak je nu meteen dat je wegkomt van deze school en blijf je voor de rest van je ellendige, zogenaamde leven uit mijn buurt. Want als ik je nog een keer tegenkom, in die vreselijke kleren van je, waar dan ook buiten deze school, dan vermoord ik je.'

'Is dat een dreigement, Todd?'

'Het is een voorspelling, Monture,' antwoordde Lilith met een kille stem. 'En nog iets: blijf uit de buurt van mijn vrienden! De volgende keer dat ik zie dat je ze ook maar aankijkt, ruk ik je ogen uit hun kassen en laat je ze opeten!'

HOOFDSTUK 11

Kalligrafie was Cally's laatste les van de nacht. Ze bekeek de dubbele rij antieke lessenaars met ingebouwde inktpotjes. Ze wist dat ze haar vrienden zou missen, maar ze had niet verwacht dat ze de moderne aspecten van Varney zou missen. Bathory was zo retro dat het leek alsof ze terug in de tijd was gegaan, tot aan de sputterende gaslampen toe, die de enige verlichting waren in de kronkelende onderaardse gangen.

Toen Cally aan een tafeltje vooraan wilde gaan zitten, stapte Carmen Duyvel om haar heen en schoof snel in het bankje. 'Hier zit ik, groentje.' Carmen grijnsde. 'Altijd al.'

Cally zuchtte en liep naar het volgende tafeltje, maar daar werd haar weg geblokkeerd door Melinda Mauvais.

'Sorry,' zei Melinda, die probeerde niet naar Cally's

gezicht te kijken terwijl ze praatte. 'Deze plek is al bezet.'

Dezelfde kinderachtige strategie had Cally ook al ondervonden bij beheersing van dieren en hypnose. Ze ging achter in de klas zitten en hoopte dat de leraar haar niet gedurende de hele les zou aanstaren alsof ze een smerig insect was.

'Jongedames, open alstublieft jullie tafeltjes en haal jullie kalligrafiesets tevoorschijn,' begon madame Geraint terwijl ze voor het schoolbord ging staan. De kalligrafielerares was een dunne vrouw met uitzonderlijk welgevormde handen. Ze bewoog haar vingers met een onwereldse gratie, als zeewier dat meedeint op een zachte stroming.

Cally klapte de bovenkant van het tafeltje omhoog en vond een zwartgelakte opbergdoos. Op het deksel was met parelmoer het embleem van Bathory ingelegd: een gotische hoofdletter B met daaromheen winterakoniet en giftige wolfskers. In de doos lagen wat vellen perkament, een platte steen om het perkament op z'n plaats te houden en een vijftien centimeter lange schrijversklauw van ebbenhout.

Madame Geraint had een houten aanwijsstok, waarmee ze op een kaart tikte waarop een teken stond dat nog het meest weg had van een kruising tussen een Chinees karakter en een lijn getekend door een dronken Picasso. 'Vannacht zullen jullie oefenen op het juist schrijven van het chtonische woord voor bloed. In de ware taal zou het zo klinken.' Ze schraapte haar keel en uitte toen een serie snelle klikjes en piepjes op een hele hoge frequentie. 'Let op het accent op de laatste lettergreep. Afhankelijk van de context, kan het woord voor bloed gebruikt worden in de betekenis van leven, voedsel of familie. Daarmee is het het belangrijkste woord in ons vocabulaire. Pennen in de aanslag, dames! En beginnen maar.'

Cally haalde een vel perkament uit de doos en legde de steen voorzichtig op de onderkant. Gelukkig had ze ook op Varney kalligrafie gehad, dus ze wist er in ieder geval iets van. Maar zelfs voor een Oudbloed was het hanteren van een schrijversklauw lastig, dus ze moest steeds heel goed opletten wat ze deed.

Ze pakte de klauw en hield hem met haar duim op de juiste manier tegen haar rechterwijsvinger, die ze vervolgens precies zo boog dat haar vinger de kromming van de klauw volgde. Ze doopte de punt in het glazen inktpotje dat in een daarvoor bedoelde opening in het tafelblad stond. Cally tikte voorzichtig het teveel aan inkt van de klauw voor ze de punt op het perkament zette.

'Nee, nee, nee! Dit is je reinste troep! Begin maar opnieuw op een ander vel.'

Iedereen in de klas keek op om te zien wie er op zijn kop kreeg. Madame Geraint stond bij de tafel van Carmen Duyvel en schudde afkeurend haar hoofd.

'Wie kan het nou wat schelen of het perfect is of

niet?' protesteerde Carmen. Haar wangen waren rood van schaamte omdat zij eruit gepikt was. 'Als ik iets wil schrijven, kan ik het net zo goed uittypen op mijn computer. Als ik dan een fout maak, kan ik het gewoon deleten in plaats van dat ik op een nieuw vel moet beginnen. Het is belachelijk om zo te schrijven, als je het mij vraagt.'

Een zenuwachtig geroezemoes klonk door de klas.

'Computers!' Madame Geraint snoof afkeurend. 'Toetsenborden hebben ervoor gezorgd dat deze generatie niet eens meer op de goede manier een schrijversklauw kan vasthouden, laat staan leesbaar schrijven. Natuurlijk, in het allereerste begin was er nog geen behoefte aan schrijfinstrumenten. Onze voorouders doopten gewoon de punten van hun klauwen in de inkt en schreven zo direct op hun perkamentrollen.

We hebben de technologische vooruitgang, zoals de drukpers, omarmd en we hebben zelfs software ontwikkeld die ons in staat stelt om met elkaar te communiceren via internet, maar onze belangrijkste documenten worden nog steeds met de hand geschreven. Laat me je verzekeren dat het kunnen lezen en schrijven van het chtonische schrift verre van belachelijk is. In alle wettelijke documenten, religieuze geschriften en genealogische gegevens die ons volk door de eeuwen heen heeft geproduceerd, staat geen enkel woord geschreven in een taal die mensen kennen. Zo beschermen we ons tegen hen die ons compleet van de aardbodem zouden doen verdwijnen. Vaardige kalligrafen staan in hoog aanzien bij rechters van de Synode en kalligrafie speelt een belangrijke rol bij het kiezen van de Kanselier en andere hoge ambtenaren.'

'Nou, daar hoef ik me niet druk over te maken.' Carmen snoof. 'Ik ben niet van plan om ambtenaar te worden als ik klaar ben met school.'

'Dat kan heel goed zijn, juffrouw Duyvel,' zei madame Geraint met een zucht. 'Maar aangezien het jouw moeder is die je schoolgeld betaalt, is het mijn taak om ervoor te zorgen dat je deze school niet verlaat als een functioneel analfabeet. En begin nu maar opnieuw.'

Carmen trok een boos gezicht, maar durfde verder niets meer te zeggen en begon opnieuw met het naschrijven van het voorbeeld. Madame Geraint bleef een tijdje over haar schouder staan meekijken en liep toen rustig verder door de klas, met haar vreemd elegante handen op haar rug.

Toen de bel ging die het einde van de schoolnacht aankondigde, wees madame Geraint naar de voorkant van de klas. 'Jongedames, leg alsjeblieft jullie schrijfgerei terug in je tafel, zet je naam op je werk en leg het op mijn bureau.'

Cally legde vlug haar klauw en steen terug in het tafeltje en raapte haar werk bij elkaar. Toen ze aansloot bij de rij leerlingen die hun werk wilden inleveren, draaide Samara Bleak zich naar haar om en keek haar met een vernietigende blik aan.

'Naar achteren, groentje.'

'Maar er zijn alweer allemaal mensen achter mij gaan staan...'

'Je hebt haar toch gehoord, trut. Ze zei: naar achteren,' snauwde Carmen en ze gaf een flinke duw tegen Cally's schouder.

Cally strompelde naar achteren en stootte haar bovenbeen tegen een van de tafels.

'Is er een probleem, Carmen?' vroeg Melinda. Ze keek Cally kwaad aan.

'Nee hoor. Ik laat dat groentje hier weten waar haar plek is, dat is alles.'

Cally wilde niets liever dan haar een klap in haar gezicht verkopen, maar dat was precies wat ze wilden bereiken. Ze kneep haar handen tot vuisten tot haar nagels in haar handpalmen stonden en die begonnen te bloeden. Hoe graag ze ook haar hakken in Carmens gemene poppengezichtje wilde zetten, ze moest zich inhouden.

Als het aan haar lag, zou ze coach Morgue en haar stomme getest lekker laten zitten, de voordeur uit lopen en nooit meer terugkomen. Maar als ze dat zou doen, zou ze haar leefomstandigheden flink door de war schoppen. En dan had ze het nog niet eens over Sheila. Ondanks Sheila's zwakheden en fouten was ze nog steeds haar moeder en het was Cally's taak om haar zo goed mogelijk te beschermen. Als dat betekende dat ze al deze shit van die Oudjes moest slikken, dan moest dat maar.

Toen ze haar werk boven op de stapel op het bureau van de lerares legde, stapte madame Geraint naar voren en legde haar hand op die van Cally. De vingers van de lerares zagen er zo kwetsbaar en dun uit als jonge grassprietjes, maar ze waren verbazingwekkend soepel en sterk.

'Mag ik dat even zien, alsjeblieft?' vroeg madame Geraint terwijl ze Cally's werk oppakte. Ze hield de pagina op armlengte en bestudeerde hem met een aandachtige blik. Toen keek ze naar Cally. 'Het ziet ernaar uit dat je een bedreven hand hebt.'

'Is dat goed?'

'Ja kind, dat is het zeker,' zei madame Geraint. Ze glimlachte met één kant van haar mond. 'Het betekent dat je werk macht en controle laat zien, en ook een zeker raffinement. Ik zag al dat je talent hebt toen ik door de klas liep, maar het leek me onverstandig om de aandacht op je te vestigen waar iedereen bij was.'

'Dank u wel, mevrouw, geloof ik…'

'Ik weet zeker dat je je ervan bewust bent dat sommige leraren je toelating tot Bathory afkeuren, juffrouw Monture. Ik ben echter niet een van hen. Ik vind dat soort snobisme vreselijk hypocriet.' Madame Geraint snoof. 'Tenslotte zijn leraren altijd de laatsten van overweldigde bloedlijnen. Het is zoals het spreekwoord zegt: Zij die niet kunnen lesgeven, worden Nieuwbloeden.'

Cally kleedde zich om in haar gympak en wachtte tot ze getest zou worden.

'Leren over de geschiedenis van je soort en leren kalligraferen is allemaal goed en wel, maar als het je niet lukt om de kunst van gedaanteverwisseling en vliegen onder de knie te krijgen, zul je de honderd nooit halen,' doceerde coach Morgue terwijl ze voor Cally heen en weer liep. 'Gedaanteverwisseling is een vaardigheid die we allemaal bezitten, maar het is niet iets dat je zomaar vanzelf voor elkaar krijgt. In de kern is het allemaal een kwestie van spiergeheugen. Om dat spiergeheugen te maximaliseren, moet je het proces van transformatie keer op keer herhalen, net zo lang tot het een automatisme wordt. En dat betekent oefenen, oefenen en nog meer oefenen.

Ik zal niet tegen je liegen: van gedaante verwisselen doet pijn, zeker als je een beginneling bent. Gelukkig wordt het makkelijker naarmate je het vaker doet. Het is echter zeer gevaarlijk om te proberen van gedaante te veranderen voor je weet waarin je wilt veranderen. Afhankelijk van je afkomst kan dat van alles zijn.'

Eindelijk kwam ze waar ze wezen wilde. 'We moeten zien uit te vinden wat je totem is en vandaar uit werken. Misschien is het een wolf. Of het kan een grote kat zijn, zoals bij Mauvais. Het is niet erg waarschijnlijk, maar je zou een van die zeldzame figuren kunnen zijn die veranderen in een koningscobra of een andere slang. We zullen het zien. Oké Monture, doe gewoon wat ik zeg, ja? Eerst wil ik dat je je ogen dichtdoet en je geest leegmaakt.'

Cally sloot haar ogen en probeerde zich te ontspannen; ze haalde diep adem door haar neus en liet haar buik volstromen.

'Dat is goed. Heel goed. Nu wil ik dat je heel, heel diep in je geest duikt,' zei coach Morgue. Haar stem kreeg de toon van die van een moeder die haar kind in slaap probeert te krijgen. 'Ga de duisternis in. Zeg me wat je ziet.'

Cally wilde coach Morgue juist vertellen dat ze alleen maar een boel paarsachtige vlekken achter haar oogleden zag, toen ze zich realiseerde dat ze stond te kijken naar een groep dicht op elkaar staande bomen en struiken. 'I...i...ik zie een bos,' stamelde ze.

'Goed, heel goed,' zei de coach bemoedigend. 'En wat begroet je in dat bos?'

Cally fronste haar voorhoofd en concentreerde zich om het bos achter haar oogleden scherper te kunnen onderscheiden. Toen ze naar de rand van het bos toe bewoog, flitste er in de gitzwarte duisternis tussen de knoestige stammen plotseling een paar ogen tevoorschijn, rood als brandende kooltjes. Er klonk een laag, grommend geluid en uit de schaduwen stapte een grijze wolf, die voorzichtig in de lucht snoof.

'Ik zie een wolf,' riep ze opgewonden.

'Uitstekend,' zei coach Morgue. 'Dat is je totem, het dier van jouw familielijn. Het is net zo goed een deel van je afstamming als de kleur van je ogen en je haar. Ik wil dat je probeert hem aan te raken.'

Cally knikte en deed voorzichtig een stap naar voren. Ze hief haar rechterhand omhoog. De wolf rook aan haar en zette een paar voorzichtige stapjes in haar richting, alsof hij niet zeker wist of hij moest aanvallen of vluchten.

'Zie je zijn energie?'

Ze had het niet eerder opgemerkt, maar nu zag Cally dat de wolf in een vreemde, groene gloed baadde. 'Ja.'

'Goed, goed. Leg je hand op de wolf en laat zijn energie naar binnen stromen.'

Cally stak haar hand uit en streek voorzichtig over de vacht van de wolf. Ze voelde zijn ruggengraat. Ze wist weliswaar dat er niets anders vóór haar was dan lucht, maar voelde toch de warmte van zijn lichaam onder haar hand en zijn zachte vacht tussen haar vingers. Het aaien van het dier wekte een onverwacht gevoel van welbevinden in haar op, alsof ze was thuisgekomen na een lange reis en daar rond een knetterend haardvuur al haar geliefden aantrof om haar te begroeten.

Het groenige licht dat de wolf omgaf, wikkelde zich om haar hand en wond zich een weg omhoog langs haar arm als een snelgroeiende rank klimop. Maar toen het licht haar schouder bereikte, voelde ze plotseling een vlammende pijn, alsof iemand van binnenuit haar botten probeerde te breken.

Coach Morgue keek ingespannen toe. Cally viel op

haar knieën en trok een grimas van de pijn toen haar rechterarm begon op te zwellen en te veranderen in de voorpoot van een wolf.

'Kom op, Monture. Je doet het geweldig! Niet bang zijn. Neem de kracht van de wolf en maak die van jou.'

Cally was bang dat het dier zou ontsnappen aan haar greep en ze pakte zijn vacht stevig beet, maar de wolf draaide zich om en beet naar haar met zijn angstaanjagende kaken. Ook al wist ze dat wat ze zag niet echt was, toch trok ze zich instinctief terug toen het dier naar haar uitviel. De wolf draaide zich meteen om en sprong terug de schaduwen tussen de bomen in. Het gevoel van welbevinden nam hij met zich mee.

'Nee, wacht! Niet weggaan!' riep Cally en ze strekte haar armen uit alsof ze het dier wilde terugroepen.

De geur van ozon vulde de lucht en coach Morgue keek geschokt naar de uitgestrekte arm van haar leerling, die gehuld was in donkere energie. Het ectoplasma was zo zwart als olie, met erdoorheen een netwerk van scharlakenrood, dat leek te pulseren als aderen. Onder coach Morgues verbaasde ogen droop het zwarte ectoplasma langs de uitgestrekte vingers van het schoolmeisje naar beneden. Zodra het de koude stenen vloer van de grotto raakte, siste het als druppels water in een hete koekenpan.

'Doe je ogen open!' schreeuwde coach Morgue. 'Monture, doe je ogen open!'

Op het moment dat Cally's ogen weer openvlogen,

verdween het zwarte ectoplasma en werd het geabsorbeerd door haar lichaam. Haar arm viel slap langs haar lijf en ze keek verdwaasd om zich heen. 'Het spijt me, coach,' zei ze. 'De wolf rende weg. Wilt u dat ik het nog een keer probeer?'

'Dat hoeft niet, Monture,' antwoordde coach Morgue, die wat aantekeningen maakte op haar klembord. 'Ik denk dat ik wel genoeg gezien heb.'

HOOFDSTUK 12

Het was heel laat tegen de tijd dat Cally naar huis ging. En alsof het nog niet erg genoeg was dat ze stand moest zien te houden tussen leerlingen die haar uit de grond van hun hart haatten en leraren die haar uitschot vonden, was het forensen tussen haar huis en school een waar drama.

Ze stond een tijdje op het perron in Williamsburg en staarde naar de achterlichten van de vertrekkende trein. Ze keek om zich heen in de hoop een glimp van Peter op te vangen, maar schudde toen haar hoofd en zei tegen zichzelf dat ze niet zo belachelijk moest doen. Iets krijgen met een Van Helsing was wel het laatste wat ze op dit moment kon gebruiken. Het was ongeveer net zoiets als een stokstaartje dat verliefd wordt op een cobra of een zeemeermin die verlangt naar een visser. Er kon werkelijk niets goeds uit voortkomen.

Cally kon zich nog duidelijk herinneren hoe ze als

vierjarige van het klimrek in de speeltuin was gevallen en haar arm had gebroken. Ze had een minuut gehuild, meer van verbazing dan van de pijn, was toen opgesprongen en weer begonnen met spelen alsof er niets gebeurd was.

Haar oma, die aan de rand van de speeltuin had staan kijken, had Cally snel meegenomen. Tegen de andere volwassenen had ze gezegd dat ze met haar kleinkind naar de dichtstbijzijnde eerstehulppost ging, maar in plaats van naar het ziekenhuis, namen ze een taxi naar huis. Daar had oma haar aan de keukentafel neergezet en haar uitgelegd in welke opzichten Cally verschilde van andere kinderen.

'Je moet voorzichtig zijn wanneer je met mensenkinderen speelt, kleintje,' zei haar oma. 'Ze zien er hetzelfde uit als jij, maar ze zijn heel anders. Als mensen vallen en zichzelf bezeren, worden ze niet meteen weer beter, zoals jij. Dat moet je begrijpen. Als je jezelf pijn doet in het openbaar, mag je nooit laten zien dat je alweer genezen bent. Je moet doen alsof je nog steeds pijn hebt en zo snel mogelijk maken dat je wegkomt.

Als de mensen erachter komen wat je bent, zullen ze je weghalen bij mij en je moeder. Hoe aardig ze ook lijken, het is heel, heel belangrijk dat je nooit laat zien wat je echt bent, en zeker niet aan mensen.'

Haar oma's waarschuwing klonk nog steeds na in haar oren. Cally gooide haar Diesel-tas over haar schouder en liep de metalen trap af die naar de straat beneden leidde. Het was al wel laat, maar ze moest nog even een aantal dingen kopen voor zichzelf en haar moeder voor ze terugging naar het appartement. Zodra ze onder aan de trap was, rende ze de straat over, de nachtwinkel op de hoek in.

Ze pakte een van de winkelmandjes die vlakbij de ingang stonden en begon bij elkaar te zoeken wat ze nodig had: wc-papier, nagellak, een doos muffins, een fles chocolademelk en ten slotte een verse bos bloemen.

Terwijl hij de boodschappen in een tas deed, bekeek de jongen achter de kassa zonder het te verbergen uitgebreid haar jasje, plooirok en nette schoenen van school. 'En, heb je je alleen verklééd als een stout katholiek schoolmeisje of bén je er echt een?' Hij grijnsde verlekkerd.

'Rot op, viezerik.' Cally stak haar middelvinger naar hem op, griste de plastic tas mee en liep met grote passen de deur uit, zwaaiend met de bos bloemen in haar hand. Cally had nog één ding te doen voor ze naar huis kon.

De begraafplaats Rest Haven, daterend uit ongeveer 1830, was aan alle kanten omringd door kantoorgebouwen en flats. Door het smeedijzeren hek, dat aan de bovenkant afschrikwekkende ijzeren punten had, konden voorbijgangers een glimp opvangen van de koele gazons, schaduwrijke bomen en verweerde grafstenen aan de andere kant. Een zware ketting was om het gesloten hek gewikkeld als een chromen python; hij beschermde de doden achter de muren tegen vandalen, dronkaards en junkies die een plek zochten om hun roes uit te slapen.

Nadat ze goed om zich heen had gekeken of niemand haar zag, nam Cally een aanloop en sprong netjes boven op de muur. Ze hield even stil om te kijken of er niets uit haar boodschappentas was gevallen en sprong toen op het gras aan de andere kant.

Ze had het altijd prettig gevonden dat Rest Haven zo ver verwijderd leek van de vuiligheid en het lawaai van de stad. Met alle vogels, eekhoorns en oude eikenbomen deden deze tweeduizend vierkante meter haar meer denken aan oma's zomerhuisje op het platteland dan aan een begraafplaats.

Ze liep zachtjes tussen de door de maan verlichte grafzerken door naar de graven van haar grootouders, die bedekt waren met een dikke laag rode bladeren van een vlakbij staande meidoorn. De granieten steen op hun graf had de vorm van twee harten die verbonden werden door een neerdalende duif.

De naam aan de linkerkant van de steen was al twintig jaar lang blootgesteld aan de elementen, maar nog steeds perfect leesbaar: *Cyril Monture, 1925-1988*. De inscriptie aan de andere kant was een stuk recenter: *Sina Osterberg-Monture, 1931-2006*.

'Hoi oma, hoi opa. Ik heb wat nieuwe bloemen voor jullie meegenomen,' zei Cally. Ze haalde de verlepte leeuwenbekjes uit de vaas op het graf en zette het verse boeket erin.

Toen ze met haar hand de blaadjes van haar oma's graf veegde, rook ze een bekende geur, meegevoerd door de wind. Cally keek over haar schouder naar een groot monument in de vorm van een wenende engel die over de lijkbaar van een geliefde gebogen zat.

'Waarom ben je hier? Wie is er bij je?' vroeg ze.

Een schaduw maakte zich los van een van de vleugels van de engel en stapte in het zwakke licht dat van de straat kwam. 'Je hoeft niet bang te zijn,' zei Peter van Helsing. Hij stak zijn armen naar haar uit. 'Ik ben alleen.'

'Dit begint belachelijk te worden!' Cally merkte tot haar verbazing dat ze het liefst wilde huilen. 'Het was al vreemd genoeg dat je me naar de club gevolgd was, maar hoe kon je weten dat ik hier zou zijn? Van alle plekken in de stad?'

'Wat moet ik zeggen? Ik heb van jongs af aan geleerd om mensen te volgen.' Hij haalde verontschuldigend zijn schouders op. 'Je leek zo overstuur, gisteren. Je was al weg voor ik je iets kon uitleggen. Ik wil niet dat je gekwetst raakt, Cally Monture.'

'Dat is grappig. De eerste keer dat we elkaar zagen probeerde je me namelijk te vermoorden,' snoof ze. 'Wacht eens, ik heb je nooit mijn achternaam verteld.'

'Ik weet een heleboel over jou en je familie, Cally.'

'Waarom zou ik ook maar een woord geloven van

wat je allemaal zegt?'

'Ik realiseer me dat je alle reden hebt om me niet te vertrouwen. Maar misschien geloof je wél je eigen ogen.' Peter voelde in zijn jaszak en haalde er een oude foto uit, waarvan de randen door ouderdom enigszins waren gescheurd. 'Deze heb ik uit een van mijn vaders archiefmappen gehaald. Als hij wist dat ik hem had, zou ik vreselijk op mijn donder krijgen. Het is een foto van jouw grootmoeder en mijn vader, Christopher van Helsing, en zijn toenmalige protegé, Ike Grainger.'

Cally keek ongelovig naar de foto die Peter haar gaf. De vrouw die haar aankeek, was jonger dan ze haar oma ooit gezien had, maar het waren onmiskenbaar háár glimlach, háár glanzende ogen. Ze stond tussen een lange, knappe man met golvend bruin haar dat wel wat op dat van Peter leek, en een stevig gebouwde Afro-Amerikaanse jongen, die ze herkende als de oudere vampierjager die ze in het park bijna had geëlektrocuteerd.

'Wanneer is deze gemaakt?'

'Ongeveer dertig jaar geleden,' antwoordde Peter. 'Niet lang nadat mijn vader het Instituut had overgenomen van mijn grootvader.'

'Ik begrijp het nog steeds niet,' zei Cally verward. 'Wat deed mijn oma met jouw vader?'

'Snap je het niet? Ze was een van de Elites; zij die getraind zijn om bovennatuurlijke krachten te gebruiken om op vampiers te jagen. Volgens mijn vader was Sina een van de besten.'

'Dit moet nep zijn!' riep Cally verhit. Ze duwde de foto weer in zijn handen. 'Ik durf te wedden dat je hebt zitten fotoshoppen. Mijn oma was geen vampierjager…'

'Jouw grootmoeder was een heks, Cally,' zei Peter beslist. Hij pakte haar pols beet. 'Ze was een witte heks die haar krachten gebruikte voor goede dingen, maar ze was een heks. En nog belangrijker: ze was een mens. Net als je moeder.'

'Dat is… Ik ga echt niet meer naar dit soort onzin luisteren!' snauwde Cally. Ze pakte de tas met boodschappen die bij haar voeten op de grond stond. 'Je bent gestoord, weet je dat? En laat me verder met rust!'

'Nee! Ik laat je niet gaan voor je naar me luistert.' Peter duwde haar terug, zodat haar rug de meidoorn raakte. De tas viel op de grond en de boodschappen rolden over een dichtbijgelegen graf.

Ze had zich makkelijk los kunnen trekken uit zijn greep, maar Cally kon zich daar niet toe zetten. Ze staarde omhoog naar Peters gezicht. Ze voelde zijn adem op haar wangen en zijn rijpe, warme geur vulde haar zintuigen. Ze keek omhoog naar zijn ogen en zag zichzelf erin weerspiegeld, alsof ze op de een of andere manier binnen in zijn hoofd gevangen zat.

'Waarom doe je dit?' vroeg ze.

'Omdat ik je wil helpen.'

Ze lachte bitter. 'Sinds wanneer willen Van Helsings vampiers helpen?'

'Omdat je geen vampier bent, Cally. Geen enkele vampier zou eerst een rat op een mens hebben afgestuurd en zich vervolgens hebben omgedraaid om hem te redden. En sinds wanneer eten vampiers dat soort dingen?' Hij wees naar de muffins die op de grond lagen. 'Hoe lang probeer je al voor een echte vampier door te gaan, Cally? Zes maanden? Een jaar?'

Cally's eerste ingeving was om tegen Peter te liegen, zoals ze haar hele leven al tegen alle mensen loog. Sinds de dag dat ze was gevallen in de speeltuin, had haar oma het er bij haar in gehamerd dat ze nooit, in geen geval, de waarheid over zichzelf aan anderen moest vertellen. Liegen was een reflex geworden. Ze opende haar mond om zijn beschuldigingen te ontkennen, maar zei: 'Bijna twee jaar.'

Cally was geschokt hoe goed het voelde om eindelijk de waarheid toe te geven. Sinds de dood van haar oma had ze niet meer echt met iemand kunnen praten, maar Peter durfde ze het wel te vertellen.

'Die muffins zijn voor mijn moeder, niet voor mij. Sinds drie jaar kan ik op bloed leven. Oma is begonnen met me vast voedsel te laten ontwennen vanaf het moment dat ze wist dat ze kanker had. Ze wist dat ik alleen nog maar bloed kon drinken als ik ook na haar dood wilde doorgaan voor een van hen.' Cally pakte zijn hand nog steviger beet. 'Ik zal niet tegen je liegen, Peter. Soms word ik er zo moe van om me anders voor te doen dan ik ben, dat ik zin krijg om er gewoon mee op te houden.'

'Maar je hoeft niet door te gaan met zo'n leugenachtig leven. Je kunt met me meegaan naar het Instituut. Ik kan regelen dat er goed voor je moeder gezorgd wordt. Je hoeft je niet meer druk te maken over haar.'

'Wil je dat ik een Van Helsing word?' Cally was geschokt. 'Zoiets zou ik echt nooit kunnen doen.'

'Je bent een hybride, Cally. Hoe lang denk je dat je voor een waargeborene kunt doorgaan nu je op Bathory zit? Vroeg of laat zullen ze erachter komen wie je ouders waren.'

'Hoe weet jij van mijn school?' bracht Cally uit.

'Kom op, ik ben niet helemaal achterlijk! Alsjeblieft…' Peter lachte een beetje scheef. 'Dat uniform herken ik heus wel als ik het zie. Mijn voorvader heeft immers ooit de oorspronkelijke school tot de grond toe afgebrand. En je hoeft niet bang te zijn dat je per ongeluk verraadt waar het is. Het Instituut weet al tientallen jaren waar het is. En trouwens, het is veel te zwaar bewaakt en versterkt om zoiets nog een keer te proberen… En dan heb ik het er nog niet eens over hoe lastig het zou zijn om aan de politie uit te leggen dat we staken door de harten van tienermeisjes hebben gedreven.'

Ze keek over haar schouder naar de steen op het graf van haar oma, die glansde als een diadeem in het bleke maanlicht. 'Maar als het waar is wat je vertelt over mijn oma, had ze zo haar redenen om me weg te houden bij het Instituut. Hoe graag ik ook bij je wil zijn; ik kan niet doen wat je me vraagt.'

Peter haalde diep adem en liet de lucht toen weer ontsnappen. 'Ik verwachtte al dat dat je antwoord zou zijn.' Hij gaf haar een kaartje. 'Hier heb je mijn nummer. Als je me nodig hebt, hoef je alleen maar te bellen.'

'Dankjewel.' Cally glimlachte en liet het kaartje in de zak van haar jasje glijden.

'Mijn vader is een geweldige man,' zei Peter, terwijl hij er ongemakkelijk bij keek. 'Maar hij is ook erg gepassioneerd. Hij zoekt je al een hele tijd, Cally. Hybrides zijn de beste vampierjagers omdat ze zich tussen vampiers kunnen begeven alsof ze er zelf een zijn. Mijn voorvader was daar het bewijs van. Mijn vader wil je als wapen tegen zijn vijanden gebruiken. Maar het enige wat ik nu nog zeker weet is dat ik niet wil dat iemand jou kwaad doet; en dus ook mijn vader niet.' Hij keek omlaag in Cally's gezicht. Zijn ogen stonden vol bezorgdheid. 'Begrijp je wel dat ik alles en iedereen die ik ooit gekend heb, zou verraden voor jou?'

Ze wist dat het het ergste was wat ze kon doen, maar toch reikte Cally omhoog en hield zijn gezicht in haar witte handen. Ze trok hem naar zich toe voor een lange, sensuele kus. Nadat hij haar een tijdje in zijn sterke armen had gehouden, schuurde hij zijn heupen tegen de hare. Met elke draai werd hun ademhaling dieper.

Hun passie groeide, maar ook Cally's honger werd steeds groter. Een kwellende dorst martelde haar. Ze trok haar mond los van Peters zoekende tong en duwde haar trillende lippen tegen zijn keel. Ze proefde het zweet dat in druppeltjes op zijn huid lag, als kwik, en voelde het kloppen van zijn halsslagader tegen haar tanden. Ze voelde de verleiding om een heel klein beetje te bijten. Alleen maar een liefdesbeet, eigenlijk. Ze zou hem waarschijnlijk toch niet in een ondode kunnen veranderen, zelfs als ze dat wilde. Het echte gevaar lag erin dat ze zich misschien zou laten meeslepen en te lang en te veel zou drinken…

'Nee!' riep Cally uit. Ze rukte zich abrupt los uit de omhelzing. 'Het spijt me, ik kan dit niet.' Ze pakte vlug de gevallen boodschappen bij elkaar. 'Ik moet gaan. Ik bel je nog wel.'

Stomverbaasd en zonder iets te zeggen keek Peter toe hoe Cally moeiteloos tegen de muur rond de begraafplaats op sprong. Toen ze op de stoep aan de andere kant neerkwam en verdween, hoorde Peter een droog, ritselend geluid. Buiten het hek zag hij een mot steeds weer tegen de lamp van een lantaarnpaal aan vliegen. Hij fronste en keek vlug de andere kant op.

Sheila Monture lag zachtjes voor de tv te snurken toen Cally thuiskwam. Cally pakte het half leeggegeten bakje Chinees en het lege flesje Ancient Age dat op de sofa lag en gooide ze in de afvalbak in de keuken. Toen haalde ze de oude deken van haar oma uit de kast in de voorkamer en legde die voorzichtig over haar slapende moeder heen.

Ze boog zich naar voren en gaf een kus op Sheila's

wang. Toen liep ze naar de badkamer en zette de douche aan.

Ze stond wel een half uur lang met dichte ogen onder de harde straal, maar hoe ze het ook probeerde, het
lukte haar niet om het beeld kwijt te raken van haar
lachende oma die naast de doodsvijand van alle vampiers stond. En de hele tijd echoden Peters woorden
door haar hoofd:

Je hoeft niet door te gaan met zo'n leugenachtig leven.

HOOFDSTUK 13

'Uliegen is ons erfgoed en ons lot.' Coach Morgue had haar handen achter haar rug ineengeslagen terwijl ze de vliegklas van het tweede uur toesprak. 'Maar vliegen is meer dan met je vleugels slaan en laagvliegende vliegtuigen ontwijken. In de open lucht rondfladderen is één ding; leren hoe je echolocatie gebruikt om in nauwe, beperkte ruimtes te kunnen vliegen is iets heel anders.'

Cally stond op een hoge, brede rand dertig meter boven de vloer van de grotto en was blij dat er meerdere meisjes stonden tussen haar en Lilith, die haar gevaarlijk aanstaarde.

Terwijl coach Morgue verderging met haar toespraak over het belang van de vaardigheid om in kleine ruimtes te kunnen vliegen, liep Cally iets dichter naar de rand om een beter zicht te hebben. Vanaf hier was goed te zien dat de enorme ondergrondse ruimte gemaakt was en niet op natuurlijke wijze was ontstaan. De stalagmieten op de grond ver beneden haar deden haar denken aan de heggen van een doolhof.

Toen ze naar beneden keek, werd ze overvallen door een vlaag van hoogtevrees en ze deed snel een stap naar achteren. Ze keek op en zag het meisje van Todd naar haar staren alsof ze iets smerigs was dat ze van de onderkant van haar schoen geschraapt had. Het zou al te belachelijk zijn om met haar hoofd naar beneden haar dood tegemoet te vallen. Maar aan de andere kant zag Cally haar klasgenoten, en zeker Lilith, er wel voor aan dat ze haar een duwtje over de rand zouden geven als ze even niet oplette.

De coach raadpleegde haar altijd aanwezige klembord en zei: 'Maledetto, jij mag als eerste.'

Eerst dacht Cally dat de tweelingzus die naar voren stapte Bella was, die de avond daarvoor bij haar de gedaanteverwisselingsles had gevolgd. Toen realiseerde ze zich dat de linten die het meisje uit haar haren haalde rood waren, niet blauw.

'Kun je deze even voor me vasthouden?' vroeg Bette Maledetto verlegen en ze hield de haarlinten voor Lilith. Ze was eraan gewend dat haar tweelingzus haar hielp met dit soort dingen, maar de administratie had hen in aparte klassen gezet om hun onafhankelijkheid van elkaar te stimuleren.

'Hoe zie ik eruit? Als je bediende?' snoof Lilith. Ze keek vol afschuw naar de satijnen linten.

Cally zag haar kans om een hoognodige bondgenoot te maken en deed vlug een stap naar voren. 'Ik hou ze wel even voor je vast.'

'Dankjewel,' zei Bette. Ze liep naar de rand van de afgrond en hief haar armen hoog boven haar hoofd. Haar vingers schoten in hoog tempo naar buiten en haar duimen kromden zich tot enorme klauwen. De botten van haar handen transformeerden tot een vreemde nieuwe geometrie, waarbij de huid tussen haar vingers en die van haar armen zich uitspreidde tot hij een dunne cape leek te vormen. De punt van haar neus bewoog omhoog en naar achteren zodat haar neusgaten zichtbaar werden, en haar lippen krulden op en lieten parelwitte bijttanden zien. De bovenste punten van haar oren werden vier keer zo groot en op de plek van haar haren verscheen een donkergrijze vacht, zo zacht als mollenvel. Haar nek kromp in elkaar waardoor haar hoofd zich terugtrok tussen haar schouders; haar borst werd breder waardoor haar spanwijdte groter werd. Haar tenen werden langer, totdat ze allemaal dezelfde lengte hadden, en haar nagels kromden zich tot zwarte klauwen. Binnen enkele seconden leunde Bette naar voren op haar getransformeerde benen, waarvan de knieën nu naar achteren bogen. Toen ze naar het scherpe stenen woud beneden zich tuurde, tjirpte ze angstig in zichzelf.

Cally was stomverbaasd over de snelheid waarmee Bette veranderd was van een schattig meisje met een babyface tot een monsterlijke mensenvleermuis. De hele transformatie, van begin tot eind, had niet langer geduurd dan een paar hartslagen. Als ze eraan dacht dat ze dezelfde stunt moest uithalen, leek het alsof haar hart naar beneden viel als een muntje door een putrooster.

'Niet zenuwachtig worden, Maledetto,' zei coach Morgue opbeurend. 'Je kunt het wel.'

Bette trok haar buikspieren aan, waardoor haar vleugels langs haar lichaam kwamen te liggen. Ze strekte haar enorme gemuteerde duimen en wierp zichzelf in de afgrond. Haar klasgenoten renden naar voren en duwden elkaar opzij om het beste uitzicht te hebben terwijl Bette naar beneden stortte in de richting van de rotsen. Plotseling klapten haar armen naar buiten alsof er veren in zaten en kromde ze haar vleugels als een kom tegen de lucht in die langs haar lichaam stroomde, en begon heftige roeibewegingen te maken. De huid van haar vleugels bolde meteen op, waardoor ze werd opgetild, weg van de snel naderende bodem van de grot.

'Goed zo, Maledetto! Je doet het prima,' riep coach Morgue haar achterna. 'Zoek nu een rots en hou je eraan vast.'

Bette fladderde een stukje terug en greep een stalactiet beet. Ze hing ondersteboven aan haar gebogen duimen en de klauwen aan haar voeten.

'Ik hoop dat jullie allemaal hebben gezien wat Maledetto deed om zichzelf te lanceren,' zei coach

Morgue. 'Mortimer, ik zie een opgestoken hand.' Ze wees naar Bianca. 'Wat is er?'

'Krijgen we dit ook bij de toets?'

Coach Morgue zuchtte en kneep met haar duim en wijsvinger in de brug van haar neus. 'Je krijgt geen schriftelijke toets voor dit vak, Mortimer. Je cijfer is helemaal gebaseerd op hoe je het in de praktijk doet.'

'Ja, juf,' zei Bianca schaapachtig.

'Oké, nu jullie lieftallige dames hebben gezien hoe gemakkelijk het is om het luchtruim te kiezen, wil ik dat jullie in de rij gaan staan, in alfabetische volgorde, klaar om te springen.'

Er werd druk heen-en-weergelopen en een luid geroezemoes klonk terwijl de leerlingen op volgorde van hun achternaam gingen staan. Cally liep met tegenzin naar haar plek in de rij toen coach Morgue haar bij haar arm pakte en opzij trok.

'Dat geldt niet voor jou, Monture.'

'Maar u zei dat we in de rij moesten gaan staan...'

'Ik weet wat ik zei. En ik zeg je dat je aan de kant moet gaan staan. Als je nog niet in een wolf kunt veranderen, ga ik zeker niet toestaan dat je van dertig meter naar beneden springt in de hoop dat je misschien vleugels krijgt onderweg. Luister meisje, kun je eigenlijk al tegen een muur op kruipen?'

'Min of meer, maar nog niet echt goed,' gaf Cally toe en ze sloeg haar ogen neer. Ze was stiekem wel opgelucht dat haar vliegkunsten nu nog niet op de proef werden gesteld, maar het was minstens zo vervelend om apart genomen te worden van de anderen. 'Ik ben nogal goed in springen. Ik ga zo een drie meter hoge muur op.'

'Oké, dat is een begin,' gaf coach Morgue toe. 'Maar dat is nog lang niet hetzelfde als kunnen vliegen.'

'En mijn cijfers dan? U zei dat we cijfers krijgen voor het vliegen. Wat moet ik doen als ik niet mag vliegen?'

'Rondjes rennen.'

'Maar…'

'Geen discussie, Monture,' zei coach Morgue. 'Als ik zeg dat je rondjes moet rennen, is het enige wat ik van je wil horen: "Hoe lang?" Is dat duidelijk?'

'Ja, coach. Hoe lang?'

'Tot ik zeg dat je mag stoppen. En nu ga ik mijn klas weer aan het werk zetten.' En daarmee sprong coach Morgue van de rand af en met een enkele vleugelslag vloog ze naar haar andere leerlingen, die in een groepje bij elkaar stonden.

Met een diepe zucht liep Cally naar de wenteltrap die uitgehakt was in de rotswand en naar de grond beneden leidde.

'Monture!' schreeuwde coach Morgue. Haar stem echode door de grotto.

Cally vertraagde tot een looppas en stopte toen helemaal. Ze had zo lang rondjes gerend dat ze geen besef van tijd meer had. Ze keek op en zag Morgue, die nog steeds haar gevleugelde vorm had, vlakbij op een stalagmiet zitten.

'Hoi, coach,' hijgde Cally en ze boog naar voren met haar handen op haar knieën om op adem te komen. Hoewel het in de grotto een constante zeventien graden was, was het erg vochtig. Het zweet liep over haar rug. 'Is de les afgelopen?'

'Het spijt me, meid. Om eerlijk te zijn was ik je vergeten. Ik heb de andere meisjes al een paar minuten geleden naar de kleedkamers gestuurd. Als je opschiet, red je het voeden om middernacht nog net voor de volgende les begint.'

'O, bedankt coach.' Cally moest haar best doen om geen scherpe opmerking te maken over hoe prettig ze het vond om maar liefst tien hele minuten te hebben voor het eten als ze zich eenmaal gedoucht en omgekleed had. Haar verhouding met coach Morgue was al beroerd genoeg; ze had er geen behoefte aan om straks ook nog achterstevoren rondjes te moeten rennen.

Terwijl ze naar de kleedkamers liep, realiseerde Cally zich dat de rode haarlinten van Bette Maledetto nog in de zak van haar gympakje zaten. Ze besloot ze nog even bij zich te houden. Misschien kon ze van de gelegenheid gebruikmaken om haar te spreken zonder dat Lilith of een van haar hulpjes in de buurt was om haar het zwijgen op te leggen.

De kleedkamer bleek verlaten te zijn tegen de tijd dat Cally er binnenkwam. Ze baalde weliswaar vreselijk dat ze nauwelijks tijd zou hebben om te eten, maar nu had ze in elk geval wel de gelegenheid om zich om te kleden zonder dat iedereen naar haar zat te kijken. Aangezien elk meisje in haar klas ondergoed van La Perla droeg, was het tamelijk vernederend dat zij slipjes van drie in een pakje moest kopen.

Cally opende het deksel van de mand met schone handdoeken, toen ze een geluid hoorde in een van de toilethokjes aan de andere kant van de ruimte.

'Hallo? Is daar iemand?' Ze hield haar hoofd naar één kant, maar het enige wat ze hoorde was het druppen van een lekkende douchekop. Ze haalde haar schouders op en draaide zich weer naar de mand; maar deze keer hoorde ze het onmiskenbare geluid van een onderdrukte snik.

Cally deed het deksel dicht en liep naar de toiletten. Ze keek onder de deuren door naar de vloer en stopte voor de laatste, waaronder ze duidelijk een paar benen zag, gekleed in witte kniekousen en bruine instappers. 'Alles goed daarbinnen?'

'Ga weg!' De stem aan de andere kant van de deur klonk zo hoog, dat het wel leek of de eigenaar ervan net een complete tank helium had genomen.

'Wat is er met je stem gebeurd? Heb je pijn?'

'Nee, alles is oké. Ik bedoel, nee, ik heb geen pijn. Ga nou maar gewoon weg en laat me met rust!' Het meisje in het toilethokje begon opnieuw zachtjes in zichzelf te sniffen en te snikken.

'Hé, dit is idioot. Er is duidelijk iets aan de hand, anders zou je daar niet zitten huilen.' Cally reikte naar de deurknop. 'Kom nou maar naar buiten, zodat ik je kan zien.'

'Nee!' gilde de leerling. Deze keer was haar stem zo hoog dat Cally haar handen voor haar oren moest slaan. 'Niet naar me kijken!'

'Oké, oké,' zei Cally, in een poging om het meisje te kalmeren. 'Kan ik misschien iets voor je doen?'

'Ik denk het niet.'

'Hoe kun je dat zo zeker weten als je me niet eens wilt vertellen wat het probleem is?'

'Oké, dan zeg ik het je wel,' zei het meisje aan de andere kant van de deur na een lange pauze. 'Maar je moet me beloven dat je het aan niemand vertelt.'

'Ik beloof het je.'

'Ik zit vast.'

'Vast?' Cally fronste haar wenkbrauwen, niet zeker van wat ze bedoelde. 'Je bedoelt in het toilet?'

'Nee, zo.' Het meisje duwde de deur van het toilethokje open.

Cally slaakte een kreet van verbazing en sloeg toen meteen een hand voor haar mond. Voor haar stond een klein, tenger meisje in het uniform van Bathory en met de oren en neus van een enorme vleermuis.

'Niet naar me kijken! Ik zie er afschuwelijk uit,' piepte het meisje met het vleermuizengezicht. Ze hief haar armen om haar gezicht te bedekken.

Cally moest haar best doen om haar gezicht in de plooi te krijgen. 'Hoe is dat gebeurd?' vroeg ze.

'Ik weet het niet precies,' antwoordde het vleermuismeisje. 'Ik was terugveranderd en was me juist aan het aankleden toen ik me realiseerde dat ik mijn haarlinten niet had. Ik probeerde me te herinneren wanneer ik ze voor het laatst gezien had, en voor ik het wist, begon ik te veranderen! Zodra ik voelde dat het gebeurde, ben ik een toilethokje in gerend. Ik wilde niet dat de andere meisjes me zo zagen.'

'Ben jij Bette Maledetto?' vroeg Cally stomverbaasd.

'Ik ben bang van wel,' piepte Bette en ze knikte.

Cally voelde in de zak van haar gympakje. 'Ik heb je linten hier, als dat helpt.'

'Dank je,' zei Bette. Ze wreef met het rode satijn langs haar behaarde gezicht alsof het een lief huisdier was. Toen klaagde ze: 'Wat moet ik nu doen? Ik probeer me maar steeds weer terug te veranderen, maar het lukt niet!'

'Blijf jij hier, dan haal ik coach Morgue.'

'Nee! Niet doen!' smeekte Bette en ze greep haar bij de arm. 'Dan meldt ze dit bij de rector, ik weet het zeker. Iedereen op school kijkt toch al neer op mij en m'n zus omdat we Halfbloeden zijn. Dit is precies het soort excuus dat ze nodig hebben om te zeggen dat we hier niet thuishoren.'

'Dat is grappig. Ik dacht dat ik de enige hier was met dat probleem,' zei Cally geamuseerd.

'Nee, wij zijn hier ook door een legaat,' piepte Bette. 'Mijn moeder is een Lamia, een van de Oudbloeden, maar mijn vader is een Nieuwbloed. De meeste meisjes willen niks met mij en m'n zus te maken hebben, al pesten ze ons niet openlijk zoals ze met jou doen, uit angst voor wat er dan zou kunnen gebeuren. De enige die aardig tegen ons doet is Melinda. De anderen pesten haar omdat haar totem een panter is en geen wolf zoals die van hen. Ik denk dat ze daardoor medelijden heeft met mij en m'n zus.' Er gleed een blik van wat waarschijnlijk wanhoop was over Bettes vleermuizengezicht. 'Dus wat heeft het voor zin? Zelfs als dit niet in mijn dossier terechtkomt, kan ik me hier nooit meer vertonen. Daar zorgt Lilith wel voor. Haar vader en de mijne zijn oude vijanden, en ze gebruikt elke kans die ze krijgt om ons dwars te zitten. Ik hoor nu al hoe de anderen straks zullen lachen en me achter mijn rug "Vleermuisje" zullen noemen.' Ze liet zich op het deksel van de toiletpot vallen en begon weer te huilen. Met een stuk wc-papier dat nog aan de rol zat, depte ze haar omhooggebogen, bladvormige neus. 'Ik kan mijn sociale leven ook meteen wel doorspoelen nu ik hier toch zit!'

'Wind je nou niet zo op,' zei Cally. Ze klopte Bette op haar schouder. 'Dat heeft geen enkele zin. Je moet gewoon bedenken wat je het belangrijkste vindt: een slecht cijfer krijgen of zonder zak over je hoofd kunnen rondlopen. En trouwens, je kunt niet eeuwig hier in de meisjeskleedkamer blijven zitten. Je moet er een keer uit. Ik zal coach Morgue wel zoeken en haar de situatie uitleggen. Ik weet zeker dat ze precies weet hoe ze dit moet oplossen.'

'Je hebt gelijk, ik zou niet weten hoe ik hier anders uit kom,' zuchtte Bette. Ze liet haar schouders zakken. 'Ik vind het heel erg aardig van je dat je me helpt. Tot nu toe was mijn zus de enige op wie ik kon rekenen.'

'Ach, ik zie het maar zo: wij Halfbloeden kunnen het maar beter voor elkaar opnemen, toch?'

HOOFDSTUK 14

Cally liep de kleedkamer uit en haastte zich naar het kantoortje van coach Morgue, maar de deur was al op slot. Ze ging terug de grotto in en keek om zich heen naar het stenige landschap, in de hoop dat de coach daar nog ergens was. Vanwaar zij stond, leek de vloer van de grotto wel een versteend bos.

'Hallo? Coach?' Cally hield haar hoofd schuin en hoopte op een antwoord, maar het enige wat ze hoorde, was haar eigen stem die door de grot echode. Toen ze zich naar de kant van de grotto draaide die naar Ruthven leidde, zag ze tussen de rotsformaties iemand bewegen. 'Coach! Wacht eens!' schreeuwde ze. Cally rende naar de figuur die door het labyrint liep.

Plotseling stapte er iemand tevoorschijn vanachter een grote rots die midden op haar pad lag.

Cally gilde verrast, viel achterover en landde op haar kont. 'Au!'

'O, sorry! Alsjeblieft, laat me je overeind helpen,' zei de schaduwfiguur met een mannelijke, licht slissende stem. Hij stak een hand naar haar uit met vingers die wel twee keer zo lang waren als normaal.

Cally keek omhoog langs de hand van de vreemdeling en zag een erg lange, dunne jongeman in de gitzwarte broek, bordeauxrode blazer en zwart met rode das van Ruthven. Het asblonde haar van de jongen was weggekamd van zijn hoge, brede en in een punt uitlopende voorhoofd, waardoor niet alleen zijn gebogen wenkbrauwen en puntige oren geaccentueerd werden, maar ook zijn arendsneus, grote uitpuilende ogen en brede sensuele mond. Ondanks zijn buitenissige uiterlijk, straalde hij een voornaamheid uit die Cally niet gewend was bij jongens van haar leeftijd.

'Sorry als ik je bang heb gemaakt. Dat doe ik schijnbaar wel vaker.' Hij glimlachte verontschuldigend en hielp haar op te staan.

'Je hebt me niet zozeer bang gemaakt als wel laten schrikken,' giechelde Cally terwijl ze het stof van zich af sloeg.

'Ja, dat doe ik ook wel eens vaker,' zuchtte hij.

'Ik ben op zoek naar coach Morgue,' legde Cally uit.

'O! Toen ik iemand coach hoorde roepen, dacht ik dat die op zoek was naar coach Munn. Ik ben zijn assistent.'

'Nee, ik zoek coach Morgue. Weet jij waar ze is?' vroeg Cally hoopvol.

'Ze moest een of andere boodschap doen. De laatste keer dat ik haar zag, was ze op weg naar de nooduitgang.' Hij gebaarde naar het oostelijk deel van de grotto.

'Nooduitgang?' Cally fronste haar voorhoofd.

'Dat hebben de scholen bedacht na de Grote Brand. Het is een geheime tunnel die onder de East River door loopt en uitkomt op Mill Rock Island, in de Hell Gate.'

'En die coach Munn over wie je het had? Is die nog in de buurt?' vroeg Cally.

'Ik ben bang van niet,' antwoordde hij.

'Geweldig!' mompelde Cally. Ze rolde wanhopig met haar ogen.

'Misschien kan ik helpen? Ik ben een assistent, tenslotte.'

'Nou ja, een meisje uit mijn klas… Ze is, eh… vast komen te zitten.'

'Vast?' echode hij en hij trok vragend een wenkbrauw op.

'Ja, tussen twee gedaantes.'

'Ah, ik zie het probleem.'

'Dat is het 'm nou juist. Ze wil niet dat iemand haar zo ziet. Ik kon haar maar net overhalen om coach Morgue erbij te halen.'

'Toch denk ik dat ik haar wel kan helpen.'

'Echt? Dat zou fantastisch zijn.'

'Waar is ze?'

'Ze heeft zich verstopt in de kleedkamer. Kom mee, dan laat ik zien waar ze is.'

De glimlach op zijn gezicht verdween plotseling. 'De kleedkamer? Je bedoelt de meisjeskleedkamer?'

'Ja, welke anders?'

'Nou ja… je weet wel… ik… Als iemand zou zien dat ik daar naar binnen ga…' stamelde hij.

'Er is verder niemand in de kleedkamer. Alleen zij. En je zei toch dat coach Munn en coach Morgue alle twee weg zijn, dus wie zou je naar binnen moeten zien gaan?'

'Oké, je hebt me overtuigd,' zei hij met een grijns.

'Bedankt. Ik heet Cally, trouwens.'

'Xander,' antwoordde hij. 'Prettig kennis te maken. Mijn vrienden noemen me Exo.'

'Hallo? Bette?'

'Wie is daar?' piepte Bette angstig vanuit haar schuilplaats in de toiletten.

'Rustig, ik ben het maar,' antwoordde Cally. 'Ben je toonbaar?'

'Toonbaar?! Ik zie er vanaf mijn nek uit als een vleermuis!'

'Ik vraag het omdat ik een jongen bij me heb.'

'Een jongen?!' Bettes stem verdween even in het ultrasone register. 'Ik dacht dat je coach Morgue zou gaan halen!'

'Die is weg om te gaan lunchen, denk ik. Maar ik heb iemand gevonden die zegt dat hij je misschien kan helpen,' legde Cally uit.

'Echt niet! Als ik niet wil dat de andere meisjes me zo zien, wil ik zeker niet dat er een man naar me kijkt.'

'Laat mij even met haar praten,' fluisterde Xander tegen Cally. Hij liep naar het toilethokje en leunde naar voren zodat zijn mond zo dicht mogelijk bij de deur was. 'Hallo… Bette, toch? Ik snap dat je overstuur bent, en dat je je schaamt,' zei hij met zachte stem, alsof hij een schuw dier probeerde te kalmeren. 'Maar er is niks om je voor te schamen. Het is heel gewoon dat je af en toe vast komt te zitten. Geloof mij maar, er is niks om je zorgen over te maken. Je kunt je echt wel aan mij vertonen.'

'Beloof je dat je niet zult lachen?' vroeg Bette.

'Ik beloof het,' zei hij plechtig.

'Of gillen?'

'Geloof me nou, het maakt me echt helemaal niets uit hoe je eruitziet,' zei Xander met een lachje.

'Dat weet ik nog zo net niet,' zei Bette twijfelend. 'Ik zie er echt verschrikkelijk uit.'

'Voel je je misschien beter als ik je vertel dat ik een Orlock ben?'

Er klonk het geluid van een grendel die werd weggeschoven en de wc-deur ging op zo'n klein kiertje open, dat Xander net een klein, bloeddoorlopen oog met een donkergrijze vacht eromheen naar hem kon zien staren.

'De zoon van de graaf?'

'Een van zijn zonen, ja,' antwoordde hij.

'Nou, dan zal het wel goed zijn, waarschijnlijk.' Bette deed de deur verder open en stapte naar buiten zodat hij haar beter kon zien.

Xander bestudeerde haar een tijdje, terwijl hij zijn linkerhand om zijn rechterelleboog had geslagen en met een lange wijsvinger tegen de zijkant van zijn neus tikte.

'Is het heel erg?' piepte Bette angstig. Ze hield haar rode haarlinten dicht tegen haar borst gedrukt.

'Nee hoor, helemaal niet. Je hebt alleen een zetje in de goede richting nodig om de transformatie te kunnen voltooien, dat is alles. Er bestaat een drankje, omkeerdrank, dat je probleem zo oplost. Helaas heeft coach Munn zijn voorraadje goed opgeborgen. Maar gelukkig heb ik in mijn toverdrankles de formule heel goed bestudeerd, dus ik denk dat ik het veilig kan namaken.'

'Geweldig!' zei Cally opgewonden. 'Zie je wel, Bette? Ik zei toch dat alles goed zou komen. Exo hoeft alleen maar een beetje omkeerdrank te gaan maken en het dan weer hier te brengen zodat je het kunt opdrinken!'

'Jaaa… Wat ik nog wou zeggen…' zei Xander ongemakkelijk terwijl hij over zijn nek wreef. 'De omkeerdrank heeft maar een heel korte halfwaardetijd, en je hebt er een speciaal bindmiddel voor nodig om het in een flesje te kunnen doen en te vervoeren. Het probleem is dat de enige persoon die bij dat bindmiddel kan, professor Frid is. Tegen de tijd dat ik het klaar heb, het in een flesje kan doen en van het lab op school hierheen kan brengen, is de drank onbruikbaar. Het werkt alleen als je het inneemt binnen een minuut of twee nadat het gemaakt is.'

'Dus dat betekent...'

'We moeten haar Ruthven in smokkelen.'

'Wat?!' Door Bettes stem krompen zowel Cally als Xander in elkaar. 'Ben je gek? Leerlingen van Bathory die zonder begeleiding op Ruthven gezien worden, worden automatisch van school gestuurd. En hetzelfde geldt voor leerlingen van Ruthven op Bathory. Als iemand ons hier samen zou zien, zouden we allemaal weggestuurd worden!'

'Wil je dan liever aan madame Nerezza gaan vertellen hoe het met je is?' vroeg Cally.

'Nee,' gaf Bette toe.

'Dus moet Xander je de jongensschool in smokkelen, en er weer uit.'

Bettes gemuteerde bovenlip begon te trillen en in haar rode ogen welden tranen op. 'Ik ben bang, Cally! Ik ben er niet aan gewend om dingen te doen zonder Belle.'

'Als je je daardoor beter voelt, wil ik wel meegaan.'

'Echt? O, dankjewel, Cally,' piepte Bette en ze gooide haar armen om de nek van het andere meisje. 'Dankjewel! Dankjewel! Maar ben je dan niet bang dat je daar problemen mee krijgt?'

'Zoals het er nu uitziet, twijfel ik er serieus aan of ik

überhaupt lang op Bathory zal rondlopen.' Cally haalde haar schouders op. 'Ik bekijk het maar zo: wat heb ik te verliezen?'

'Wauw, dus zo ziet het eruit op de jongensschool,' fluisterde Bette onder de indruk toen ze zich door de gang haastten die de grotto met de Ruthven Jongensschool verbond. Waar de gang aan de kant van Bathory van natuurlijke rots gemaakt was en een gewelfd plafond had, leek de gang naar Ruthven meer op een galerij in een gotisch klooster.

'We moeten opschieten. Normaal gesproken zijn de grotto en het lab uitgestorven onder etenstijd, maar er bestaat altijd de kans dat we gezien worden,' legde Xander uit. Hij duwde op het knopje van de lift. 'Ik kan proberen om een verbergspreuk over jullie uit te spreken, maar dat werkt alleen als je niet gezien wilt worden door proppen.'

'En de liftbediende?' vroeg Cally. 'Ben je niet bang dat hij ons zo ziet?'

'Welke bediende?' vroeg Xander verbaasd terwijl de liftdeuren met een belletje openschoven en er een moderne lift bediend door knoppen verscheen.

Net als bij Bathory waren de lokalen van de Ruthven Jongensschool onder de grond gelegen op drie niveaus, waarvan de derde de grotto was, die de school deelde met zijn zusterinstituut. De gotische architectuur was ook duidelijk zichtbaar op het tweede niveau, met een indrukwekkend gewelfd plafond en puntige bogen boven de deuropeningen.

'Hier is het,' fluisterde Xander over zijn schouder terwijl hij de deur naar het toverdrankenlaboratorium opende. 'Gelukkig is onze alchemieleraar, professor Frid, een man van zeer vaste gewoontes. We hebben nog een dik kwartier voor hij terugkomt van de lunch.'

De vloer van het klaslokaal was in het midden versierd met vreemde symbolen en er stonden half opgebrande kaarsen. Langs de muren waren stenen tafels geplaatst. Xander liep naar een tafel in de verste hoek. Op de tafel was het een enorme bende van flesjes, kruikjes en instrumenten, waaronder een macabere vijzel en stamper gemaakt van een menselijke schedel en een armbot. Hij deed zijn schooljasje uit en trok een gevlekt leren schort aan. Daarna mat hij snel vloeistoffen en poeders uit verschillende flesjes en potjes af en deed ze in een glazen beker boven een kleine gasbrander, die hij vervolgens aanstak.

'Weet je echt zeker dat dit gaat lukken?' vroeg Bette bezorgd, terwijl ze toekeek hoe hij zwarte helleborus en verpulverde alruinwortel toevoegde aan het heftig borrelende mengsel.

'Heel zeker,' zei hij, met een geruststellende knipoog. 'Wij Orlocks hebben gevoel voor dit soort dingen, weet je.'

Plotseling ging de deur van het laboratorium open

en vervolgens sloeg hij weer dicht.

'Daar is iemand!' fluisterde Xander met een angstige blik. 'Snel, verstop je!'

Cally knikte dat ze het begreep. Ze greep Bettes hand, trok haar met zich mee en dook achter de dichtstbijzijnde tafel.

'Hé, Exo! Ben jij dat?'

Xander draaide zich om en zag zijn neef Jules naar hem toe wandelen. Op zijn knappe gezicht was verbazing te lezen.

'Ja, ik ben het,' antwoordde Xander. Hij veegde zenuwachtig zijn handen af aan zijn schort.

'Wat doe jij hier?' vroeg Jules.

'Ik wilde jou net hetzelfde vragen.'

'Ik had mijn receptenboek vergeten,' legde Jules uit. Hij hield een beschadigd leren boek met metalen sloten omhoog. 'Mijn vader dreigt nog steeds met het afzeggen van die trip naar Vail als mijn cijfers niet omhooggaan. Maar waarom ben jij hier?'

'Ik doe gewoon wat extra werk, dat is alles.'

'Je bent ook zo'n stuudje, Orlock,' grinnikte Jules.

'Nou ja, ik red het niet met mijn knappe uiterlijk, zoals sommige mensen die ik ken,' zei Xander met een scheef lachje.

'Hé, heb je zin om na school mee te gaan? Sergei heeft een stel van de jongens bij hem uitgenodigd. Zijn ouders zijn weg naar de Hamptons.'

'Ik denk het niet,' zei Xander. 'Dat zijn niet echt mijn

mensen. Zoals je al zei: ik ben een stuudje. En trouwens, ik heb het idee dat Lilith het niet erg prettig vindt als ik in de buurt ben.'

'Ik heb Lilith er nog niks over verteld.' Jules staarde naar zijn schoenen.

'En, ga je dat nog doen?'

'Kweenie. Misschien.' Hij haalde zijn schouders op. 'Ze doet gewoon zo vreemd de laatste tijd, weet je? Al sinds Tanith, eh... je weet wel is, is ze alleen nog maar bezig met dat nieuwe meisje op school, die Nieuwbloed.'

'Lilith en Tanith waren vriendinnen, Jules,' merkte Xander scherp op. 'Ze mist haar waarschijnlijk. Misschien verdrijft het die gedachten een beetje als ze zich helemaal richt op die Nieuwbloed.'

'Ja, dat zal wel,' gaf Jules aarzelend toe. 'Ik wilde alleen maar dat ze wat meer zoals vroeger was.'

'Als dat zo is, waarom doe je dan niet iets om haar af te leiden?' stelde Xander voor. 'Iets romantisch.'

'Dat is geen slecht idee,' zei Jules. Hij wreef over zijn kin. 'Voor iemand die zelfs nog nooit een afspraakje heeft gehad, lijk je vrouwen heel aardig te begrijpen.'

'Mijn moeder heeft een abonnement op *Cosmo* en nog meer van dat soort bladen,' lachte Xander. 'Ik lees ze als mijn vader niet kijkt.'

'Ik ga maar weer eens,' besloot Jules. 'Bedankt voor de suggestie, neef! Ik denk dat het best zou kunnen werken.'

'Later,' riep Xander terwijl zijn neef het lab uit liep.

'Wie was dat?' fluisterde Cally terwijl ze vanachter de tafel tevoorschijn kroop.

'Mijn neef Jules.'

'Je neef?' riep Cally uit, die haar verbazing niet kon verbergen.

'Kon je het niet zien aan onze familietrekjes?' zei Xander droog.

'Zo bedoelde ik het niet, Exo.'

'Het is oké,' zuchtte Xander en hij draaide zich weer om naar zijn drankje. 'Ik ben het wel gewend. Jules trekt alle mooie meiden aan en ik stoot ze juist af. Ik weet het, jij weet het en de hele wereld weet het.'

'Je moet niet zo over jezelf praten,' zei Cally berispend en ze legde een hand op zijn arm.

Xander stopte even en keek haar aan met een verdrietige blik. 'Je bent een heel aardig meisje, Cally, maar het heeft geen zin om mezelf voor de gek te houden. De Orlocks horen dan misschien tot de oudste, rijkste en machtigste families van de wereld, maar als er één ding is wat we niet zijn, dan is het prettig om naar te kijken. Man, sommigen van ons kunnen nog maar nauwelijks voor een mens doorgaan. Ik weet dat ik nooit knap zal zijn, ik heb dat inmiddels geaccepteerd. Ik ben tevreden met mezelf, wat meer is dan veel mensen – inclusief vampiers – kunnen zeggen. Oké, pas nu op: als ik het laatste ingrediënt bij het drankje doe, gaat het net zo bruisen als wanneer je een Mentos in een glas cola gooit.'

Xander pakte een flesje zonder etiket en mat een klein beetje poeder af boven de borrelende beker. Het mengsel begon hevig te schuimen en veranderde in alle kleuren van de regenboog. Toen het lavendelblauw werd, haalde Exo de druipende beker snel van de vlam, schonk de vloeistof in een glas en gaf dat aan Bette. 'Drink het snel op, voordat het stopt met borrelen.'

Bette snoof angstvallig met haar vleermuisneusje aan het mengsel. 'Het ruikt naar ongewassen sportsokken.'

'Ik heb niet gezegd dat het lekker zou ruiken,' mopperde Xander, 'alleen dat het zou werken.'

Bette verzamelde al haar moed, sloot haar ogen en sloeg de inhoud van het glas in één keer achterover. 'Ugh! Het smaakt nog smeriger dan het ruikt!' zei ze met een grimas en ze veegde haar mond schoon.

'En ik heb ook niks gezegd over hoe het zou smaken,' bracht Xander haar in herinnering. 'Hoe voel je je?'

'Wel oké, geloof ik.' Bettes vleermuisvacht verdween van haar gezicht en haar gelaatstrekken veranderden weer in hun oorspronkelijke staat. 'Maar het voelt wel raar. Alsof iemand mijn gezicht van binnenuit masseert.'

'Niet te geloven!' riep Cally uit. 'Het werkt echt!'

'Natuurlijk werkt het,' zei Xander met een vleugje trots in zijn stem. 'Maar jullie twee moeten nu maken dat jullie wegkomen. Het middernachtmaal kan nu elk moment afgelopen zijn en dat betekent dat de gangen straks volstromen met leerlingen en leraren die naar hun volgende les moeten.'

'Dankjewel, Exo,' zei Bette ernstig. 'Ik zal nooit vergeten wat je voor me hebt gedaan. Kom op, Cally. We
gaan!'

Cally was al op weg om net als haar klasgenoot de
deur uit te lopen, toen ze zich plotseling omdraaide en
een snelle kus op Xanders wang plantte. 'Dankjewel
voor alles, Exo,' fluisterde ze in zijn puntige oor. 'Je
bent een geweldige vent, wist je dat?'

Xander stond daar maar, zijn mond openhangend
als een vis en met één hand op zijn gekuste wang alsof
hij daar net een klap had gekregen, en keek toe terwijl
Cally zich de gang op haastte. 'Orlock, wat ben je toch
een stuud,' kreunde hij voor zich uit.

Jules de Laval stond in de toiletruimte op de tweede
verdieping en staarde in de wasbak terwijl hij zijn handen waste. Exo had gelijk over wat hij moest doen.
Maar goed, Xander was dan ook altijd de slimmerik
van de familie geweest.

Als hij wilde dat Lilith weer haar oude zelf werd, moest
hij haar gedachten afleiden van dat Nieuwbloedmeisje.
Maar hoe? Hij dacht aan wat Exo gezegd had over de
tijdschriften van tante Juliana. Zijn moeder had ook
abonnementen op allerlei bladen en dat zette hem aan
het denken.

Misschien kon hij tussen twee lessen door even bellen en een van de bedienden zijn moeders tijdschriften

laten doorbladeren of er iets romantisch in stond wat hij kon gaan doen. Hij besloot dat dat voor vannacht zijn actieplan was en liep de deur van de toiletruimte uit... en botste meteen tegen iemand op die door de gang rende.

Jules wankelde naar achteren en stond op het punt diegene uit te schelden voor onhandige klootzak, toen hij zich realiseerde dat hij niet naar een medeleerling van Ruthven staarde, maar naar een meisje.

Hij was stomverbaasd, niet zozeer omdat het voor meisjes van Bathory Academy verboden was om op Ruthven te komen, maar omdat het meisje dat voor hem stond de Nieuwbloed uit het park was, vlakbij en vreselijk mooi.

Met haar glinsterende, vreemde, groene ogen, bleekwitte huid en lange donkerbruine haren was het meisje de exacte tegenpool van Lilith en alle andere verwende Oudbloedmeisjes die hij ooit gekend had. Het rode badstof gympakje liet haar lichaam precies goed uitkomen: het zat glad om haar borsten en strakke, getrainde billen en accentueerde haar lange, mooie benen.

Jules keek langs de schoonheid die vlak voor hem stond en zag, verderop in de gang, Bette Maledetto, gekleed in het uniform van Bathory. Ze boog zich uit de lift en gebaarde naar de Nieuwbloed, terwijl ze de liftdeuren tegenhield.

'Wat, in de naam van de Stichters...' wist hij uit te brengen.

Het meisje in het gympakje hield een vinger tegen haar lippen. 'Zeg alsjeblieft niks!' smeekte ze. 'Als wij in de problemen komen, is je neef er ook bij.'

'Hoe zijn jullie hier binnengekomen? En hoe weet je wie mijn neef is?'

'Omdat Exo ons het alchemielab in gesmokkeld heeft. We hadden ons daar verstopt toen jij je boek kwam halen,' legde ze uit.

'Ik wist dat Exo iets in zijn schild voerde!' zei Jules. 'Ik had alleen nooit gedacht dat het met, nou ja, meisjes te maken had.' Jules keek om zich heen of er niemand anders in de gang was en greep toen de hand van het meisje. Zijn hart begon sneller te kloppen toen hij haar gladde huid onder zijn vingers voelde. 'Zeg Bette dat ze achter ons aan komt,' fluisterde hij. 'Het is te gevaarlijk om met de lift terug naar de grotto te gaan. Er is een oude trap op deze verdieping die je brengt waar je zijn moet. Niet veel leerlingen weten ervan en hij wordt bijna nooit meer gebruikt. Het is vast veilig.'

Cally draaide zich om en gebaarde naar Bette dat ze snel moest komen. Jules leidde hen een gang door die van de hoofdgang naar een kleine houten deur met een koperen deurkruk liep. De deur ging gemakkelijk maar krakend open en er werd een smalle wenteltrap zichtbaar, die naar beneden voerde.

'Bedankt voor je hulp.' Cally glimlachte. 'Ik denk dat we het verder wel alleen redden.'

Jules schudde zijn hoofd. 'Nee, het is veiliger als ik

met jullie meega,' zei hij. 'Ik kan voor afleiding zorgen als daarbeneden iemand is.'

Cally en Bette stapten na hem de deur door, die vanzelf achter hen dichtviel. Ze volgden de trap naar beneden; ze moesten de spinnenwebben uit hun gezicht vegen. Na een paar minuten kwamen ze weer bij een smalle deur.

'Deze komt uit in een gedeelte van de grotto dat een paar honderd meter van de tunnel naar Ruthven ligt,' legde Jules uit. 'Ik ga eerst, om er zeker van te zijn dat de kust veilig is.' Hij stapte naar buiten en keek om zich heen naar tekenen van leerlingen of leraren, maar zag niets. Hij deed de deur opnieuw open en gebaarde de meisjes om met hem mee te lopen.

'Nogmaals bedankt voor je hulp,' zei het meisje in het gympakje met een plagerige glimlach. 'Dat was zeer galant van je.'

'Het was niks, mademoiselle…' zei hij net zo flirtend.

'Cally.'

Jules deed een stap naar voren en nam Cally's handen in de zijne. Hij boog licht vanuit zijn heupen en raakte met zijn lippen zachtjes de kromming van haar vingers. 'Enchanté, Cally.' Jules glimlachte.

'Het genoegen is wederzijds, monsieur,' antwoordde ze met een overdreven kniebuiging.

Jules en Cally schoten in de lach door dit spel, maar toen ze Bette hoorde giechelen, begon Cally te blozen.

'We kunnen beter gaan,' zei ze en ze liet zijn handen los.

'Au revoir,' zei Jules met een glimlach. Hij wachtte nog even en keek de meisjes na, die zich naar hun kant van de grotto haastten. Hij zei tegen zichzelf dat hij zeker wilde weten dat ze veilig terugkwamen, maar in werkelijkheid wilde hij alleen maar Cally's mooie billen bewonderen.

HOOFDSTUK 15

Toen Bathory Academy ooit gesticht werd, bestond er nog niet zoiets als een schoolcafetaria. Maar toen Victor Todds systeem van bloedbanken steeds algemener geaccepteerd werd, veranderde dat. Nu was er een grote ruimte gereserveerd voor leerlingen en leraren om hun maaltijden te nuttigen, gevuld met tafels en stoelen rechtstreeks van IKEA. Achter in de cafetaria was in de muur een grote driedeurs bloedbankkoelkast ingebouwd.

Toen Lilith voor in de rij ging staan, had ze een goed zicht op de rijen roestvrijstalen laden die vol zaten met plastic zakken menselijk bloed.

De ondode bediende in het witte cafetaria-uniform begroette haar met een glimlach en vroeg: 'Wat zal het vanavond zijn?'

'Ik denk dat ik wat van mijn privévoorraad neem, die apart staat.'

'Natuurlijk, juffrouw Todd.' De lunchdame opende een van de koelkastdeuren en haalde uit een lade een bloedzak, die ze vervolgens op een plastic dienblad zette. Op de voorkant van de zak zat een etiket waarop groot *AB–* stond, plus het logo van HemoGlobe: op de achtergrond het witte silhouet van een wereldbol met daaroverheen een druppel helderrood bloed.

Lilith pakte het blad op en ging aan de dichtstbijzijnde vrije tafel zitten. Binnen een minuut of twee zaten al haar vriendinnen bij haar. Zo was het nou eenmaal: de tafel waaraan zij ging zitten, werd meteen de populairste tafel.

'Hebben jullie Annabelle Usher vanavond al gezien?' vroeg Carmen, die tegenover Lilith ging zitten. Ze trok een scheef, spottend gezicht. Ze knikte in de richting van een klein, bleek meisje met een rond gezicht, een donker bobkapsel en twee boogjes als wenkbrauwen die meer op omgekeerde U's leken. 'Ze is echt zo'n stuud! En moet je zien wat een sjofele kleren ze aanheeft; heeft ze soms maar één rok en blouse om naar school te dragen?'

Lilith schudde vol afschuw haar hoofd. 'Als de familie van een leerling met een legaat er zo erg aan toe is dat ze geen kleedster voor hun kind kunnen regelen, zou ze helemaal niet naar Bathory moeten gaan.' Ze pauzeerde even en keek om zich heen. 'Nu we het er toch over hebben, waar is dat groentje?'

'Bedoel je Cally?' vroeg Bianca Mortimer, die zoals

gewoonlijk niet al te snugger deed. 'Ik heb haar niet meer gezien sinds de vliegles. Hoezo? Wil je met haar praten?'

'Heb ik al verteld wat ze gisteren heeft gedaan? Ze waagde het om naar me toe te komen en een "waarom kunnen we niet allemaal gezellig met elkaar optrekken"-speech te houden. Ik heb haar gezegd dat ze kon oprotten.'

'Lilith heeft gelijk,' zei Carmen instemmend. 'Er zijn hier al genoeg Halfbloeden en legaten om de boel voor ons te verpesten; we hebben echt geen Nieuwbloed nodig om het nog erger te maken.'

'Volgens mij maak je een fout,' zei Melinda ineens.

Het geklets rond de tafel viel abrupt stil toen de andere meisjes zich allemaal naar Lilith omdraaiden, die op haar beurt Melinda woest aankeek, als een verstoorde roofvogel. Toen ze eindelijk iets zei, klonk haar stem opvallend kalm. 'Wat zei je?'

'Ik denk gewoon dat je niet zo veel haast zou moeten hebben om haar tot je vijand te maken, dat is alles,' antwoordde Melinda voorzichtig. 'Zij is geen muisachtig stuudje. Je hebt gezien wat ze kan.'

'Zeg je nou dat ik bang voor haar zou moeten zijn?' vroeg Lilith. Haar ogen vernauwden zich tot spleetjes.

'Nee, natuurlijk niet, Lili,' antwoordde Melinda met een zenuwachtig lachje.

'Het verbaast me helemaal niks dat jij het voor die slet opneemt, Melly,' zei Lilith. Het gif droop van haar woorden. 'Iedereen weet hoe gezellig jij het hebt met de Maledetto-tweeling. Je wilt zeker gewoon nog een groentje aan je collectie eenzame meisjes toevoegen.'

'Wat wou je daarmee zeggen, Lilith?'

'O, hou toch op, Melly!' sneerde Lilith. 'Van alle meisjes aan deze tafel ben jij de enige die nog nooit een vriendje heeft gehad. Ik vraag me af waarom, hmmm? Je hebt je zo door dat groentje laten inpakken dat je de waarheid niet meer ziet. Er is iets mis met haar, heel erg mis. Ik wist het al vanaf het eerste moment dat ik haar zag. Als ik naar haar kijk, staan mijn tanden meteen op scherp.'

'Je bent gewoon jaloers,' katte Melinda terug.

'Jaloers?!' Lilith produceerde een humorloos lachje. 'Waar zou ik jaloers op moeten zijn? Ze is een zwakbloedige loser die niet eens van gedaante kan verwisselen.'

'Ze heeft de Van Helsing neergehaald die Tanith gedood heeft,' antwoordde Melinda. 'Dat is meer dan een van ons ooit gedaan heeft, inclusief jij. Ik zou haar geen zwakbloedige loser noemen.'

De andere meisjes aan de tafel zogen collectief hun adem in, in afwachting van de explosie waarvan ze wisten dat die zou volgen. In plaats daarvan schoof Lilith haar stoel naar achteren, stond zonder een woord te zeggen op en liep de cafetaria uit.

Carmen draaide zich om en keek Melinda woedend aan. 'Ben je gek geworden of zo, dat je zo tegen haar praat?' snauwde ze. 'En waarvoor? Om in een goed blaadje te komen bij een of andere trut van een Nieuwbloed?'

'Je snapt het echt niet, hè?' Melinda schudde ongelovig haar hoofd over de totale onwetendheid van haar vriendin. 'Sorry, maar ik denk dat ik de rest van mijn lunch met een van mijn vriendinnen opeet.' En met die woorden pakte Melinda haar dienblad op en liep naar Bella Maledetto, die alleen aan een tafeltje zat en er eenzaam en verloren uitzag zonder haar zus.

Lilith zat op een uitsteeksel vijftien meter boven de vloer van de grotto met haar armen om haar benen geslagen. Ze liet haar kin op haar knieën rusten terwijl ze nietsziend in de duisternis om haar heen staarde. Ze moest even weg van de anderen en dit was de enige plek die ze kon bedenken waar ze haar nooit zouden zoeken.

Tot op dit punt in haar leven hadden haar fysieke schoonheid, haar vaders rijkdom en de status van haar familie ervoor gezorgd dat ze altijd meer dan genoeg vriendinnen had gehad. Eigenlijk had ze tot nu toe zelfs nooit moeite hoeven doen om vrienden te maken, en al helemaal niet om ze te houden.

'Vrienden.' Wat een lachertje. Melinda, Carmen en de anderen waren net zoals de kleine visjes die met een grote witte haai meezwemmen en de kruimeltjes opeten die uit zijn kaken vallen. Toch was het belangrijk om de juiste vrienden te hebben als ze populair wilde blijven. Het kon niet zo zijn dat háár kleine visjes achter een andere haai aan zwommen. Hoe moest ze nou weten dat ze mooi, populair en begerenswaardig was als ze geen kring van aanbiddende vriendinnen om zich heen had, die voortdurend aandacht aan haar besteedden en haar vertelden hoe bijzonder ze was? Hoe kon ze, zonder hun aanbidding, bewondering, angst en respect, zelfs maar zeker weten dat ze bestond?

In minder dan een week was ze twee vriendinnen kwijtgeraakt, en dat allemaal door Cally Monture. Tanith was dood door de opschepperige show van die Nieuwbloed en nu trok Melinda openlijk partij voor die hoer en tartte haar ten overstaan van de anderen. Ze had die stomme bitch een paar klappen moeten verkopen tot ze ervan duizelde. Maar wat zou dat voor zin hebben gehad? De echte bedreiging was Cally, niet Melinda.

De gedachte aan de Nieuwbloed alleen al maakte dat haar ingewanden begonnen te kronkelen als slangen in een kampvuur. Ze ergerde zich eraan dat de anderen niet aanvoelden dat er iets grondig mis was met Cally. Carmen en een paar van de anderen wilden maar al te graag over het groentje roddelen, maar Lilith wist dat ze dat alleen maar deden om bij haar in een goed blaadje te komen en niet omdat ze Cally zagen zoals ze werkelijk was: een bedreiging. Een bedreiging voor haar, om precies te zijn.

Het geluid van stemmen klonk vanaf de vloer van de grotto onder haar en Lilith werd afgeleid van haar gedachten. Ze keek naar beneden en zag drie figuren staan aan de Ruthven-kant van de grotto. Een van hen was een jongen, gekleed in het uniform van Ruthven en de andere twee waren meisjes, de een in het uniform van Bathory en de ander in een gympakje.

Terwijl Lilith zat te kijken, stapte de jongen naar voren, boog en kuste de hand van het meisje in het gympakje. Geschrokken herkende Lilith de jongen opeens als Jules en de meisjes als niemand minder dan Cally Monture en Bette Maledetto.

Hoe durfde ze met hem te praten?! Jules was van haar! Van haar en van niemand anders.

Woede stroomde door haar hele lichaam, zo heet als gesmolten staal, en verspreidde zich als een enorme vlek smerige, zwarte, borrelende teer. Lilith zag hoe die trut van een Nieuwbloed een kniebuiging maakte voor haar geliefde en moest ontzettend veel moeite doen om niet naar beneden te vliegen en die vieze hoer de ogen uit het hoofd te krabben. Haar hele lichaam trilde van onderdrukte woede, als de pees van een boog die tot het uiterste gespannen is, toen Cally en Bette terugrenden door de grotto, als een stelletje muizen door een open veld. Het zou zo gemakkelijk zijn om te veranderen in haar gevleugelde vorm en haar klauwen diep in de rug van de Nieuwbloed te drijven. Het krakend breken van Cally's ruggengraat zou bevredigend zijn, maar het zou verbleken bij de glorie van Cally's geschreeuw wanneer Lilith langzaam het vlees van haar lichaam scheurde met niets meer dan haar eigen klauwen en tanden.

Lilith keek naar haar handen en zag dat ze zo hard beefden dat ze bijna van haar polsen af vielen. Ze probeerde uit alle macht haar trillende vingers onder controle te krijgen, voelde toen in de zak van haar jasje en pakte er het spiegeltje van schildpad uit.

Het enige wat ze nodig had, was een beetje geruststelling. Een klein beetje maar, om haar te helpen de controle terug te krijgen, zodat ze weer naar haar klasgenoten toe kon gaan en kon glimlachen en doen alsof alles allemaal oké was, terwijl ze intussen plannen maakte om Cally alleen te spreken te krijgen zodat ze haar kon vermoorden.

Ze klikte het dekseltje open en verwachtte beloond te worden, net als anders, door het spiegelbeeld van haar knappe gezicht dat haar stralend toelachte. Maar wat haar in de spiegel begroette, was een monster met bloeddoorlopen ogen en kwijlende tanden.

Geschokt door de aanblik van haar van haat vervulde gezicht, gooide Lilith het nare ding weg. Het spiegeltje tuimelde naar beneden en spatte ten slotte in scherven uiteen op de stenen vloer. De spiegel was vernietigd. Maar de demon binnen in haar was nog steeds springlevend.

HOOFDSTUK 16

De rest van de nacht voelde Cally zich als in een roes, omdat ze de regels had gebroken en ermee was weggekomen. Terwijl ze de overige lessen uitzat, besloot ze dat het toch nog niet zo slecht was dat ze naar Bathory Academy was gestuurd.

Toegegeven, de meerderheid van de leraren en leerlingen zouden nog niet op haar spugen als ze in brand stond, maar inmiddels zag ze in dat het niet allemaal zulke arrogante snobs waren als Carmen en Lilith. Vannacht was ze bevriend geraakt met Bette en Exo, en ze wist dat Jules klaar was voor meer. Ze moest toegeven dat de leraren op Bathory een stuk beter waren dan die op Varney Hall. Haar kalligrafielerares, madame Geraint, was heel stimulerend en ondanks haar barse uiterlijk leek coach Morgue er werkelijk in geïnteresseerd om haar te helpen haar capaciteiten te ontplooien.

Natuurlijk, ze liep hier op school rond onder valse voorwendselen, maar als ze in de vampierwereld wilde overleven, moest ze proberen alles te leren wat ze kon over de maatschappij van de Oudbloeden, hun macht en vaardigheden, net zoals ze van haar grootmoeder over de mensen geleerd had, en over Nieuwbloeden op Varney Hall.

Ze voelde zich nog steeds optimistisch toen ze na de geschiedenisles van madame Boucher de klas uit liep. Voor vannacht was ze klaar met school en toen ze naar haar kluisje liep, vroeg Cally zich af of ze op weg naar huis Peter weer zou tegenkomen. Ze hoopte van wel, want ze wilde hem graag vertellen over alles wat er vandaag op school gebeurd was.

In Peter had ze iemand gevonden die begreep waar ze vandaan kwam en die haar daarvoor niet veroordeelde. Ze wilde het niet aan het toeval overlaten of ze hem weer zou zien en dus belde ze het telefoonnummer dat hij haar gegeven had. Ze spraken snel af om elkaar na school te ontmoeten op de begraafplaats. Cally's goede humeur veranderde echter toen ze bij haar kluisje kwam en een opgevouwen stukje perkament uit een van de ventilatiesleuven zag steken.

Op het briefje, geschreven in het formele chtonische schrift van de Oudbloeden, stond:

Iemand heeft ons gezien. Ze zal het aan de rector vertellen als we haar geen geld geven. Kom na school naar de grotto, dan spreken we elkaar, Bette.

Toen Cally uit de lift de gang in liep die naar de grotto leidde, realiseerde ze zich dat de gaslampen gedoofd waren. De duisternis was dieper dan ze ooit meegemaakt had. Het leek alsof ze vanuit de lift in de diepste trog was gestapt die je je in een oceaan kon voorstellen.

Ze stond een paar tellen stil en liet haar ogen wennen aan de totale afwezigheid van licht. De duisternis begon te veranderen in verschillende gradaties grijs, en ze liep verder door de gang naar de grotto. Bij de ingang hoorde ze gefladder vanaf de oostkant van de grot.

'Hallo?' fluisterde ze in de inktzwarte duisternis. 'Ik heb je briefje gekregen.'

Als antwoord hoorde ze een flappend geluid. Cally keek omhoog en probeerde het geluid te lokaliseren, maar het enige wat ze zag, waren de met de hand uitgehakte stalactieten die als een omgekeerd woud vanaf het plafond naar beneden hingen.

'Waar ben je?'

'Hier,' fluisterde een stem uit de duisternis.

Cally bewoog langzaam in de richting van de stem en voelde iets kraken onder haar schoenen. Ze keek naar beneden en zag dat ze op scherven spiegelglas liep. Ze hurkte om een stukje van de gebroken spiegel op te pakken en voelde toen het gesuis van vleugels, zo vlak achter zich dat de haren in haar nek overeind gingen staan. Cally sprong op en draaide zich razend-snel om op haar hielen. Haar hart bonkte in haar borst, maar er was geen enkel teken te bespeuren van wat er zojuist langs haar was gevlogen.

'Wie is daar?' schreeuwde ze de duisternis in. 'Geef antwoord!'

Een wreed gelach leek tegelijkertijd overal vandaan te komen. Cally vervloekte zichzelf dat ze zo dom was geweest om haar waakzaamheid te laten verslappen. Het was weliswaar de bedoeling dat de school een vendettavrije zone was, maar ze had toch echt beter moeten weten dan rechtstreeks in een hinderlaag te lopen.

Er klonk een luide explosie van klapperende vleu-gels, en een harig lijf met het gezicht van een duivel stormde naar beneden van zijn schuilplaats. Het wezen knalde tegen Cally aan met de kracht van een rijdende auto en gooide haar op haar rug.

Cally rolde op haar zij. De lucht om het vleermuis-achtige wezen trilde en toen stond Lilith over haar heen gebogen.

'Hij is van mij! Alleen van mij en van niemand an-ders, jij stomme trut! Nu en voor altijd!' krijste Lilith en ze greep Cally bij haar hoofd. Lilith gebruikte een handvol van Cally's haar als handvat en trok haar over-eind.

Cally schreeuwde het uit van de pijn toen ze voelde dat de huid op haar schedel begon te scheuren.

'Niemand neemt wat van mij is en kan er daarna nog van genieten.'

'Laat me los, gestoorde trut!' snauwde Cally. Ze plantte haar vuist hard genoeg in Liliths maag om ervoor te zorgen dat haar greep even verslapte.

Lilith wankelde naar achteren en boog daarna naar voren, met haar armen beschermend om haar buik geslagen. Haar ogen glansden in het duister terwijl ze in de lucht hapte als een hondsdol dier. 'Ik ga je doden, Nieuwbloed! Ik zorg dat je ingewanden verspreid liggen van hier tot Broadway!'

'Ben je je verstand kwijt?' schreeuwde Cally.

Ten antwoord krijste het andere meisje en ze viel met ontblote tanden uit naar Cally. Die sprong behendig opzij en stootte haar elleboog zo hard mogelijk in Liliths rug toen ze langs haar schoot. Lilith viel op haar knieën, wankelend door de kracht van de klap.

Cally maakte er meteen gebruik van en gaf haar een krachtige trap in haar ribben. 'Ik ben hier niet mee begonnen, trut,' snauwde ze. 'Maar ik zal er zeker wel een einde aan maken.'

Voordat Cally nog een keer kon schoppen, begon Liliths lichaam te golven en te vervormen, en veranderde ze in een grauwende wolf. De getransformeerde Lilith wervelde razendsnel rond en hapte met messcherpe tanden naar Cally. Die sprong snel naar achteren en wist maar net de krachtige kaken van het beest te ontwijken.

De duisternis van de grotto werd uiteengereten door een plotseling paarswit licht. Lilith jankte geschrokken en dook in elkaar, buiten het bereik van de vreemde violette gloed die om Cally's rechterhand scheen.

'Ga terug!' riep Cally en ze hield haar hand omhoog als een fakkel. Tongen van energie dansten langs de toppen van haar vingers als vlammen boven een kandelaar. 'Ik verbrand je als het nodig is!'

Lilith grauwde opstandig en rende op vier poten naar de dichtstbijzijnde muur. Toen ze bij de rotsmuur kwam, veranderde ze weer naar haar menselijke gedaante en kroop ze zo snel als een hagedis tegen het ruwe oppervlak op. Halverwege de muur draaide ze haar hoofd honderdtachtig graden en spuugde naar haar tegenstandster beneden.

'Realiseer je je wel wat madame Nerezza zal doen als ze hierachter komt?' schreeuwde Cally omhoog.

'Alsof ik me er druk over maak wat die uitgedroogde taart zal doen!' gilde Lilith terug. 'Ik ben een bloedverwant van de stichter van deze school en mijn familie is de grootste geldschieter. Ik kan doen wat ik wil op Bathory! En ik wil jou dood hebben, Nieuwbloed!'

Liliths gelaatstrekken verschoven en veranderden alweer, nu in die van een monsterlijke vleermuis. Ze duwde zich van de muur af en spreidde haar vleugels uit. Cally kromp in elkaar toen Lilith op haar af dook, maar was te laat om te voorkomen dat haar aanvaller haar rug met een messcherpe klauw openhaalde.

Cally voelde met een hand op haar schouder en die kwam rood en nat terug.

'Alweer heb ik als eerste bloed!' kraaide Lilith met hoge stem. 'Geef maar toe, groentje: je kunt nooit tegen me op.'

Cally dook achter een van de stalagmieten toen Lilith opnieuw omlaag dook, met haar grijpende klauwen voor zich uit gestrekt als een landingsgestel. Cally hief haar hand en een boogvormige bliksem schoot uit haar handpalm. Met een boze, ultrasone gil vloog Lilith omhoog en verdween in de hoogste gedeelten van de grotto. Cally scande het kathedraalachtige plafond en probeerde er wanhopig achter te komen waar haar aanvaller naartoe was gegaan, maar Lilith zat te goed verstopt in de schaduwen.

Cally zat zwaar in de problemen en dat wisten ze allebei. In een man-tegen-mangevecht waren Lilith en zij aan elkaar gewaagd, maar Cally kon niet op tegen Liliths vermogen tot gedaanteverwisseling en vliegkunst. Het enige wapen waarover ze de beschikking had, was het feit dat ze storm kon verzamelen, en nu ze haar eerste schot had gemist, zou het tijd en concentratie kosten om een volgende lading te produceren. Cally bad dat Lilith dat niet wist en op een afstandje zou blijven. Haar enige hoop op overleven was uit de grotto zien te komen en de lift te bereiken. Ze zou het waarschijnlijk nooit redden tot de uitgang zonder dat Lilith haar klauwen in haar ruggengraat zou drijven, maar ze moest het erop wagen.

Cally verzamelde al haar moed en rende zo snel als ze kon door de doolhof van stalagmieten en zuilen. Plotseling kwam er uit het binnenste van de grot een afschuwelijk gekrijs, als van een verdoemde ziel die in het vuur werd geworpen. Cally keek over haar schouder en zag Lilith met uitgestrekte klauwen op haar af duiken. Haar ogen brandden met een onheilspellende vreugde, als een oeroude feeks die een onschuldig slachtoffer te pakken neemt.

Cally realiseerde zich dat ze zo goed als dood was wanneer Lilith haar van achteren tegen de grond werkte, en dus draaide ze zich om en sprong zo hoog als ze kon, zodat ze haar tegenstandster midden in de lucht ontmoette. Ze strekte haar armen zo wijd mogelijk uit, in een soort parodie op een omhelzing, en greep Liliths vleugels beet. Samen vielen ze loodrecht naar de grond.

Aangezien ze niet in staat was de bliksem te verzamelen die ze nodig had om zichzelf te verdedigen, probeerde Cally wanhopig Liliths hoofd naar achteren te duwen terwijl ze over de rotsachtige vloer van de grotto heen en weer rolden. Lilith voelde de zwakte van haar tegenstandster en plantte haar tanden diep in Cally's rechterschouder. Cally schreeuwde van pijn toen Lilith haar heen en weer schudde als een terriër.

Zonder waarschuwing verslapte Lilith ineens haar dodelijke greep op haar vijand. Zelfs door de mist van pijn zag Cally duidelijk de ontzetting en verrassing in

Liliths vleermuiskraaloogjes.

Cally wist niet waarom Liliths aanval stokte, maar ze was niet van plan om vragen te stellen bij haar geluk. Ze verzamelde al haar overgebleven energie en gebruikte de kleine pauze om met haar hand een bliksemschicht te werpen, waardoor Lilith achteroverviel. Cally krabbelde overeind en liep naar de plek waar haar tegenstandster kreunend van pijn op de grond lag. Uit haar verbrande vacht steeg rook op.

Terwijl Cally zo over haar heen gebogen stond, hief Lilith haar hoofd en keek haar tegenstandster uitdagend aan. 'Toe dan! Waar wacht je op?' siste ze terwijl haar pels leek weg te smelten en haar blonde haar en perfect gebruinde huid weer verschenen. 'Dood me, dan is het klaar.'

Cally keek omlaag naar haar gebalde rechtervuist, die nog steeds gloeide van de elektriciteit, en toen weer naar Lilith. Ze haalde diep adem en sloot haar ogen. De knetterende wolk flikkerde even en verdween toen in het niets. 'Nee, Lilith,' zei Cally. 'Geloof het of niet, maar ik wil je niet doden.'

'Dat is onzin!' gromde Lilith. 'Stop met die spelletjes en doe het gewoon.'

'Hou toch op met dat "dood me, alsjeblieft"-gedoe! Ik probeer hier aardig te doen, al heb ik eigenlijk geen idee waarom ik de moeite zou nemen.'

'Doe niet alsof je niet weet waarom ik dit gedaan heb, jij slet!' snauwde Lilith. 'Ik heb je gewaarschuwd voor wat er zou gebeuren als je niet uit de buurt blijft van wat van mij is! Ik zag je met Jules, eerder vannacht. Je probeert hem van me af te pikken, hè? Net zoals je mijn vriendinnen van me afpakt. Daarom ben je me zelfs tot op school gevolgd, toch? Om me te beroven van alles wat ik heb!'

'Hooo! Doe eens even rustig!' zei Cally, die haar handen in de lucht stak om Lilith tot stilte te manen. 'Moet je horen, Lilith. Ik realiseer me dat wat je gezien hebt, er misschien verkeerd uitzag, maar er is echt een heel onschuldige verklaring voor. Ik ben niet geïnteresseerd in je vriendje, en hij is niet geïnteresseerd in mij…'

'Ik heb nooit gezegd dat hij dat is!' bitste Lilith.

'Hoe dan ook, je hoeft je daarover echt totaal geen zorgen te maken. Als je me niet gelooft, vraag je het maar aan Jules zelf. Hij zal je de waarheid vertellen. Je gelooft toch nog wel dat hij dat zal doen, of heb je daar ook geen vertrouwen meer in?'

'Natuurlijk wel! Jules is aan me beloofd. Hij zou nooit tegen me liegen.'

'Gelukkig maar. En wat betreft de reden dat ik hier op Bathory ben… Dat heb je helemaal mis. Ondanks wat je denkt, ben ik je echt niet gevolgd. Ik ben niet van plan om je leven over te nemen of zo. Ik ga alleen maar hier naar school omdat mijn vader dreigde geen geld meer naar ons te sturen als ik dat niet deed.'

'Je vader?!' Liliths ogen vernauwden zich tot spleetjes.

'Vraag me niet waarom het zo belangrijk voor hem is,' zuchtte Cally. 'Ik heb die vent nog nooit ontmoet. Ik ken z'n naam niet eens. Luister, ik realiseer me heus wel dat we waarschijnlijk nooit vrienden zullen worden, maar het heeft weinig zin om elkaar te vermoorden vanwege een stom misverstand.'

Lilith staarde een tijdje stil naar de grond en keek toen weer op naar Cally. 'Ben je van plan om aan de rector te vertellen wat hier gebeurd is?'

'Ik begin er niet over, als jij stilhoudt dat je me uit de jongensschool hebt zien sluipen.'

'Oké.' Lilith knikte.

'Wacht, ik help je even.'

'Blijf van me af!' snauwde Lilith en ze sloeg Cally's hand weg terwijl ze opstond. 'Ik mag je nog steeds niet, Nieuwbloed, en ik vertrouw je al helemaal niet! En wat ik eerder gezegd heb, geldt nog steeds: blijf uit mijn buurt en blijf van mijn vrienden af. En als ik je ooit nog een keer met Jules zie praten, ga ik door met waar ik mee bezig was en scheur je aan stukken!' Met die woorden veranderden Liliths armen weer in vleugels en schoot ze de duisternis in.

Cally stond op. Ze wachtte een moment tot ze zeker wist dat Lilith weg was, gewoon voor de veiligheid, en liep toen naar de lift.

Ze hoopte dat haar moeder al zou slapen tegen de tijd dat ze thuiskwam. Haar wonden waren weliswaar al genezen, maar Sheila zou ongetwijfeld door het lint

gaan als ze het bloed op haar jasje en rok zag. Het laatste wat ze nu kon gebruiken, was dat haar vader bericht
kreeg dat ze gevochten had op school. En dan nog wel
met de dochter van Victor Todd.

HOOFDSTUK 17

Cally liep de deur van Bathory Academy uit en was blij dat de straten uitgestorven waren. Na de confrontatie in de grotto wilde ze liever niet dat iemand erachter kwam dat ze afhankelijk was van de metro voor haar vervoer naar huis. Het laatste wat ze nodig had, was Lilith die haar besprong terwijl ze op weg was naar lijn zes.

Cally liep naar het station op Eighty-sixth Street. Ze kon niet wachten tot ze terug was in Williamsburg en de warmte van Peters omhelzing zou voelen. Ze had hem zo veel te vertellen. Behalve dan, realiseerde ze zich plotseling, het gedeelte waar Jules haar vingers kuste. En al helemaal niet haar fantasie over hoe het ge-voeld zou hebben als hij in plaats daarvan haar mond gekust had. Ze vond het prima om alle details van haar leven met Peter te delen, maar een meisje heeft altijd behoefte aan een paar geheimen.

Ze was helemaal verdiept in haar gedachten, toen een chique zwarte limousine naast haar stopte. Cally rolde vol afschuw met haar ogen. Dat had ze nou echt nog nodig om de avond helemaal af te maken: aangesproken worden door een of andere viezerik die op zoek was naar een prooi.

Er klonk een laag elektrisch gezoem toen het donkergetinte passagiersraam naar beneden schoof en erachter een man van middelbare leeftijd verscheen. De man had grijzende bakkebaarden en droeg een grote zonnebril en een pak van Armani. Cally rook de geur van dure Cubaanse sigaren en de allerbeste whisky, die om hem heen hing als een duur parfum.

'Wilt u misschien een lift, juffrouw Monture?' vroeg de oudere man.

'Rot op, man,' antwoordde ze vlak, maar toen stopte ze en knipperde verbaasd met haar ogen. 'Hé, wacht eens!' Ze draaide zich om en staarde naar de man met de zonnebril. 'Hoe weet u mijn naam?'

In antwoord op haar vraag leunden Bette en Bella Maledetto naar voren.

'Hoi, Cally!'

'Hallo, Cally!'

'O, sorry! Ik realiseerde me niet dat u de vader van Bella en Bette was.'

'Dat geeft niets, lieverd.' Meneer Maledetto grinnikte. 'Het aanbod staat nog steeds.'

'Dat is heel aardig van u, meneer,' zei Cally, 'maar ik

was alleen maar op weg naar het metrostation…'

'De trein?' Meneer Maledetto snoof van afkeuring. 'Een aardig jong meisje zoals jij dat om deze tijd in de ochtend de metro neemt? Ik moet er niet aan denken wat er allemaal zou kunnen gebeuren!'

Het passagiersportier van de limo zwaaide plotseling wijd open, als door de hand van een geest.

'Ik sta erop.'

Cally klom in de limo en ging op de bank tegenover haar gastheer en zijn dochters zitten.

'Bette heeft aan papa verteld wat je op school voor haar gedaan hebt,' zei Bella.

'Jazeker, m'n schatje,' zei haar vader en hij boog zich naar Bette toe om op haar hand te kloppen. 'Juffrouw Monture, ik hoopte dat u me wilde toestaan om iets voor u terug te doen. Wat u voor mijn Bette gedaan heeft, is een waarachtig bewijs van karakter. Dat zie je niet meer zo vaak bij de jeugd van tegenwoordig; niet in dit land, tenminste.'

'Dank u wel, meneer Maledetto.'

'Alsjeblieft, noem me Vinnie!' zei hij met een glim-lach.

'Toch niet dé Vinnie Maledetto?' bracht Cally ver-baasd uit. Plotseling begreep ze wat Bette eerder op school had gezegd over dat de andere meisjes bang waren voor haar en haar zus. Hun vader was de onbetwiste leider van de Strega, een van de oudste en meest succes-volle criminele organisaties in de wereldgeschiedenis.

'Ik ben bang van wel,' grinnikte hij. 'Wij Maledetto's waarderen onze vrienden, vooral degenen die begrijpen wat eer en loyaliteit betekenen. Dus vanaf vandaag stuur ik een van mijn chauffeurs naar je huis om je de rest van het jaar naar school te brengen en weer terug.'

'Dat hoeft u echt niet te doen, meneer Maledetto!' protesteerde Cally.

'Het is wel het minste wat ik kan doen!' wuifde hij haar bezwaar weg. 'Om eerlijk te zijn, zou ik je toch wel opgezocht hebben, ook als je mijn dochter vannacht niet te hulp was geschoten. Ik heb namelijk heel interessante dingen over je gehoord van een gemeenschappelijke kennis.'

Cally fronste haar voorhoofd. 'Wie is dat dan?'

'Coach Morgue.'

'Heeft de coach met u over mij gepraat?' vroeg Cally, nog verbaasder dan daarnet.

'Ja, inderdaad. Ze heeft me eerder vannacht zelfs persoonlijk opgezocht. Zij en ik hebben namelijk een soort afspraak, begrijp je. Ze houdt me op de hoogte over studenten van haar die potentie hebben. Een van jouw talenten is stormverzamelen, nietwaar?'

'Ja, meneer.'

'Stormverzamelen is een zeldzame gave. De meeste vampiers kunnen tegenwoordig niet veel meer oproepen dan een mist. Een van de laatste die bliksem kon oproepen, was Morella Karnstein zelf. Wist je dat?'

Cally zag in haar herinnering opnieuw het portret

van de vrouw met de doordringende ogen en het rossige haar, de vrouw van wie Lilith beweerde af te stammen. 'Nee, meneer,' gaf ze toe.

'De reden dat ik je dit vertel, is dat Victor Todd mij al lange tijd een doorn in het vlees is. Het ziet ernaar uit dat zijn dochter net zo'n hekel aan jou heeft,' zei Maledetto, terwijl hij wees naar het opgedroogde bloed op haar kleren.

'Hoe weet u dat zij me aangevallen heeft?' vroeg Cally verwonderd.

'Ik kan haar ruiken,' legde Maledetto uit. 'Als je al zo lang leeft als ik, kind, herken je de geur van het bloed van je vijand.'

Cally stond op het punt om tegen hem te zeggen dat hij zich vergiste, aangezien zij niet degene geweest was die in de strijd bij haar tegenstandster voor bloed gezorgd had, maar zag daar toen van af. Iets in haar zei dat Vinnie Maledetto niet het soort man was dat je tegensprak.

'Maar voor we verdergaan, wil ik één ding duidelijk maken.' Maledetto leunde naar voren zodat zijn gezicht maar een paar centimeter van het hare verwijderd was. Hij duwde zijn zonnebril langs zijn neus naar beneden zodat twee ogen zo zwart als olijven zichtbaar werden. 'Nieuwbloed of Oudbloed, bloed is bloed, heb ik gelijk of niet?'

'Ja, meneer,' antwoordde ze snel.

'Ik mag jou wel, Cally,' zei Vinnie Maledetto. Hij

leunde naar achteren op de bank en haalde een dikke havanna uit een speciaal vakje dat in de armleuning van de limousine was ingebouwd. 'Iets zegt me dat jij, met de juiste vrienden, heel ver kunt komen in deze wereld van ons. Vooral als die vrienden de vijanden zijn van jouw vijands vader.'

Jules had net op zijn horloge gekeken toen de deurbel eindelijk Liliths komst aankondigde. Het verbaasde hem dat ze nog steeds haar Bathory-uniform droeg. Normaal gesproken kon Lilith zich na school niet snel genoeg omkleden.

'Waar bleef je nou?' vroeg hij. 'Ik begon me al zorgen te maken.'

'Er gebeurde iets onverwachts,' legde ze uit. 'Ik moest na school nog even blijven.'

'Heb je gezorgd dat het nu geregeld is?'

'Niet echt.' Lilith schudde haar hoofd. 'Maar waarom wilde je eigenlijk hier met me afspreken? Ik dacht dat we vannacht uit zouden gaan.'

'Ja, nou ja, mijn ouders zijn weg, en aangezien ik het huis dus voor mezelf heb, dacht ik dat het misschien wel leuk was om vannacht thuis te blijven. Dat hebben we al zo lang niet gedaan.'

'Ja, je hebt gelijk: dat zou wel leuk zijn,' stemde ze zachtjes toe.

'Lili, is het wel goed met je?' vroeg hij bezorgd. 'Je lijkt er niet helemaal bij met je gedachten.'

'Ik heb gewoon een boel aan m'n hoofd op het moment.'

'Ben je nog steeds overstuur over Tanith?'

'Nee, niet meer,' gaf ze toe.

'Goed om te horen.' Hij zuchtte van opluchting.

Lilith keek omhoog naar zijn gezicht, alsof ze zocht naar een teken dat alleen zij kon zien. 'Jules, ik zag je met Cally en Bette in de grotto vannacht.'

'Wat?' Hij voelde een steek van ergernis, maar deed zijn best om dat niet in zijn stem te laten doorklinken. 'Zag je ons?'

'Jules, hoe kon je? Je kuste haar hand!' klaagde Lilith en haar ogen vulden zich met tranen. 'Je weet hoe ik dat meisje haat!'

Jules probeerde zijn gezicht als een masker nietszeggend te houden, terwijl hij zocht naar een manier om zich uit de situatie te redden waarin hij zich nu bevond. In ieder geval schreeuwde ze niet tegen hem. Het was praktisch onmogelijk om met Lilith te praten als ze kwaad was. Als ze huilerig en emotioneel was, betekende dat dat ze zich instabiel voelde, en dat betekende weer dat hij haar onzekerheid in zijn voordeel kon gebruiken door haar aan zichzelf te laten twijfelen.

'Lilith, ik hielp alleen Exo maar. Ik weet heus wel dat Vinnie Maledetto en jouw vader vijanden zijn, maar ik ben echt niet zo stom dat ik een van zijn dochters ga beledigen. En trouwens, ik heb Bette Maledetto's hand helemaal niet gekust, net zomin als wat voor ander deel van haar dan ook.'

'Nee, haar niet!' snauwde Lilith. 'De Nieuwbloed!'

'Wat bedoel je?' zei Jules, die net deed alsof hij niet begreep waar ze het over had.

'Je wilt toch niet zeggen dat je haar niet herkende?' vroeg Lilith. Ze bekeek hem wantrouwend.

'Zo goed heb ik haar niet gezien in het park,' antwoordde hij. 'Ik was te druk bezig met de Van Helsings.'

'Je vindt haar leuk, hè? Ik zag je wel naar haar kijken toen je dacht dat niemand het zag,' zei Lilith beschuldigend.

Jules lachte en schudde zijn hoofd. 'Lili, er is echt niets om jaloers over te zijn! Ik deed gewoon beleefd, verder niks. De enige reden dat ik überhaupt bij haar was, was omdat ik Exo een dienst bewees. Meer is er echt niet aan de hand.'

'Je vindt haar dus niet aantrekkelijk?' vroeg Lilith. Haar stem klonk al een stuk hoopvoller dan daarstraks.

'Natuurlijk niet,' loog hij. 'En trouwens, volgens mij heeft Exo een oogje op haar.'

'Exo en Cally?' Lilith kon het niet helpen; de gedachte aan die twee samen maakte dat ze moest giechelen.

Jules veegde een losse haarlok uit Liliths gezicht en kuste haar op haar voorhoofd. 'Jij en je overactieve verbeelding! Je vindt altijd wel dingen om je zorgen over te maken die er helemaal niet zijn. Daarom leek het me een goed idee om je vannacht een beetje afleiding te bezorgen.'

'Hoe dan?' vroeg ze.

'Dat zul je wel zien,' zei hij met een ondeugende lach. 'Maar je moet me eerst vertrouwen. En? Vertrouw je me, Lili?'

Lilith keek recht in zijn ogen en glimlachte. 'Natuurlijk vertrouw ik je.'

Jules voelde in zijn zak en haalde er een van zijn vaders zwarte zijden zakdoeken uit. 'Draai je eens om, dan kan ik je blinddoeken.'

'En hoe weet ik dat je me niet gewoon vastbindt en me onteert?'

'Zoals ik al zei: je moet me vertrouwen.'

'Begrijp me niet verkeerd,' zei ze terwijl hij de zakdoek voor haar ogen bond. 'Ik heb er helemaal geen problemen mee om onteerd te worden!'

'Dat is mijn Lili weer,' grinnikte hij. 'Geef me nu je hand.'

'Wat doe je?' Ze giechelde zenuwachtig toen Jules haar hand beetpakte en haar de kamer uit leidde, in de richting van de trap.

'Het is een verrassing.'

'Wat voor verrassing?'

'Als ik dat zou vertellen, zou het geen verrassing meer zijn, toch?' Hij lachte. 'Oeps. Pas op. Hier komt een tree. En nog een.'

'Jules, dit is belachelijk!' Ze stak een hand omhoog en friemelde aan de knoop van de blinddoek. 'Ik haal dat ding eraf!'

'Als je het waagt!' zei hij en hij trok haar hand weer omlaag. 'Ik weet wel dat je graag de controle houdt over de situatie, net zoals je vader, maar je moet leren om je een keertje te ontspannen, Lilith.'

'Dat is echt dé manier om me op te winden.' Ze lachte. 'Me met mijn vader vergelijken.'

'Heb je soms liever dat ik je met je moeder vergelijk?'

'Die is raak.'

De trap en een aantal omhelzingen later, bereikten ze de eerste verdieping.

'Mag ik dat ding er al af halen?' vroeg ze.

'Heel even nog.' Er klonk het geluid van gordijnen die weggetrokken werden, gevolgd door een glazen deur die werd opengeschoven. 'Oké, nu mag je kijken.' Jules haalde de blinddoek weg en glimlachte verwachtingsvol.

Lilith keek langs hem heen naar het grote balkon en zag tientallen brandende kaarsen op het terras staan. 'Wat mooi!' bracht ze uit.

'Kom naar buiten.' Jules gebaarde dat ze hem moest volgen. 'Ik heb nog een verrassing.'

Lilith stapte de met kaarsen verlichte patio op.

Met een zwierig gebaar overhandigde Jules haar een klein, donkerblauw doosje van De Beers. 'Maak maar open, Lili,' drong hij aan. Hij kon niet wachten om haar reactie te zien en zijn beloning te krijgen.

Lilith maakte het rode lint los en opende langzaam het doosje. Opgewonden zag ze een dun, witgouden kettinkje met daaraan een hartvormig hangertje bezet met zwarte en witte diamanten. 'O Jules, het is prachtig!' riep ze uit.

'Vind je het mooi?'

'Of ik het mooi vind? Ik vind het geweldig! Hier, help me om hem om te doen.' Ze hield haar zijdeachtige blonde haar omhoog zodat hij het kettinkje om haar hals kon vastmaken. Zodra het slotje dichtzat, draaide ze zich snel om en keek vragend in zijn katachtig groene ogen. 'Hoe zie ik eruit?'

'Prachtig.' Hij glimlachte en streelde haar wang zachtjes met de rug van zijn hand.

Jules feliciteerde zichzelf al met zijn succes, toen Liliths glimlach plotseling flikkerde en uitdoofde, als een vlammetje in een vlaag tocht. 'Ik weet dat dit vreemd klinkt, maar als onze families ons niet aan elkaar beloofd hadden, zou je me dan zelf ook gekozen hebben?'

'Natuurlijk,' antwoordde hij met alle overtuiging die hij kon opbrengen.

'Wat als je vader zou zeggen dat het huwelijkscontract veranderd was? Dat je aan iemand anders beloofd was? Zou je dan doen wat je gezegd werd of zou je bij mij blijven, ook als dat zou betekenen dat je je bloedrecht moest opgeven?'

'Wauw, dat is nogal extreem!' zei Jules met een lachje. 'Wat heeft het voor zin om je druk te maken over iets dat toch nooit zal gebeuren? Dan kun je me net zo goed vragen of we nog bij elkaar zouden zijn als ik eruitzag als Exo en jij meer dan honderd kilo woog.'

'Ja, je hebt eigenlijk wel gelijk,' zei ze. 'Weet je, Tanith heeft me ooit eens gezegd dat ik geluk had dat ik aan jou beloofd was. Ik dacht dat ze gewoon bedoelde dat je zo knap bent. Maar ik realiseer me nu dat het veel meer was dan dat.'

Jules nam haar handen in de zijne, bracht ze naar zijn lippen en kuste ze, net zoals hij die van Cally had gekust. 'Ik heb wat AB-neg met bourbon in de keuken staan.'

'Mmm, m'n lievelingsdrankje.'

'Dat was ook de bedoeling.' Hij glimlachte en liep het penthouse weer in. 'Waarom geniet je niet even van het uitzicht terwijl ik de drankjes haal? Ik ben met een paar minuten terug.'

Lilith liep naar de rand van het terras en keek naar de betonnen bergspitsen en ravijnen van de stad. De wind afkomstig van de rivier speelde met haar haren en liet ze om haar hoofd zweven als een gouden spinnenweb. Ze keek omlaag naar de glinsterende diamanten hanger die tegen haar borstbeen lag en sloot haar vingers er bezitterig omheen.

De eerste keer dat Lilith het pad van de Nieuwbloed kruiste, had ze een diepe en plotselinge haat gevoeld. Als Lilith iemand niet mocht, was dat meestal omdat diegene saai was of niet deed wat zij wilde. Maar de vijandschap die ze voor Cally voelde, werd gevoed door iets veel primitievers: dreiging.

Eerst had ze niet begrepen waarom ze zich zo geïntimideerd voelde door een armzalige Nieuwbloed, stormverzamelaar of niet. Na hun gevecht in de grotto wist ze het antwoord op die vraag, en dat hielp niet erg om de angsten die haar bekropen te verminderen.

Net als alle vampiers kon ze het bloed van een familielid herkennen aan de smaak, zelfs als het niet meer dan een drupje was. Op het moment dat Cally's bloed haar mond vulde, was Lilith zo geschokt geweest dat ze haar waakzaamheid had laten vallen, waardoor ze haar tegenstandster de gelegenheid had gegeven om de overhand te krijgen. Ze had werkelijk verwacht dat Cally haar ter plekke zou doden. Maar toen ze haar gespaard had, realiseerde Lilith zich dat het andere meisje geen idee had wat er aan de hand was.

Een van haar vaders favoriete gezegdes was dat kennis macht is. Nu, na al die jaren, begon ze eindelijk in te zien wat dat betekende. Ze had geen enkele aandrang om Cally de waarheid te vertellen, en ze zou er goed voor zorgen dat haar vader er niet achter kwam wat ze wist. Ze zou zijn geheimen tegen hem gebruiken, net zoals hij van plan geweest was om ze tegen haar te gebruiken. Wel zou ze in de toekomst een stuk voorzichtiger moeten zijn; ze wilde haar hand niet overspelen door aan te vallen voor ze erachter was wat haar vader precies van plan was.

Terwijl ze uitkeek over de flonkerende lichtjes van

de stad, voelde Lilith haar krachten toenemen. Als de tijd om te handelen daar was, zou ze het doen. Zonder genade.

Het huwelijkscontract dat Victor Todd had gesloten met Jules' familie was heel eenvoudig. Het enige wat het contract verlangde, was dat een zoon van de De Lavals zou trouwen met een dochter van de Todds. En aangezien er maar één zoon was en één dochter, was er nooit enige twijfel geweest over hun lot.

Maar nu was er niet langer één Todd-dochter; plotseling waren er twee.

Al sinds ze een klein meisje was, had Lilith gedroomd van de dag dat ze eindelijk de fantastische, echte prinses zou worden die ze altijd al behoorde te zijn. Superrijk zijn was één ding, maar daadwerkelijk lid zijn van de aristocratie van Oudbloeden betekende een heel ander soort macht. Zodra Jules en zij eenmaal getrouwd waren, zou haar controle over alles en iedereen in New York totaal en onbetwist zijn. Na al die jaren zou ze haar happy end echt niet laten verpesten.

Ze hoorde Jules' voetstappen naderen, toen hij eraan kwam met hun drankjes. Ze gooide uitdagend haar haren naar achteren. Ze zou nog lang en gelukkig leven, hoe dan ook. Daarbij kon maar beter niemand haar in de weg lopen, zelfs haar prins op het witte paard niet!

Woordenlijst

Beloofd

Het equivalent van uitgehuwelijkt worden in de maatschappij van waargeboren vampiers. Vampierkinderen worden aan elkaar beloofd door hun ouders, die meestal een verbindingscontract opstellen waarin staat hoeveel kinderen, en van welke sekse, in de respectievelijke families met elkaar zullen trouwen.
Nieuwbloedfamilies breken echter vaak met deze traditie en staan toe dat hun kinderen uit liefde trouwen.

Beroofd

Vampiers die overweldigd zijn en wier bloedrechten veroverd zijn, noem je beroofd. Ze hebben de keuze uit drie opties: erin toestemmen om in ruil voor bescherming voortaan de overweldiger van hun rechten te dienen als vazal, opnieuw te beginnen als Nieuwbloed of om leraar te worden op een van de privéscholen.

Bloedrecht

Het bloedrecht is het recht om controle uit te oefenen over alle ondoden die door een bepaalde bloedlijn gecreëerd zijn. Wanneer het hoofd van een vampierfamilie sterft, geeft hij of zij het bloedrecht door aan de toegewezen erfgenaam. Om te kunnen erven, moet de erfgenaam het bloed van de stervende patriarch of matriarch aftappen, waardoor het lichaam tot stof vergaat.

Sommige bloedrechten zijn zelfs terug te voeren tot de oude Sumer. Op deze manier kan een vampier die nog maar honderd jaar oud is (of zelfs jonger) uiteindelijk enorme legioenen ondoden onder zijn bevel hebben. De erfgenaam krijgt bovendien het bevel over alle mensen die in de macht van zijn of haar ouders zijn. Maar wanneer vampiers elkaar ongewapend bevechten, kan het bloedrecht van de verliezer overgenomen of veroverd worden. Bloedrecht betekent ook de toename van bepaalde krachten.

Chtonisch schrift

De geschreven taal die de oorspronkelijke Stichters meenamen uit hun eigen dimensie staat bekend als het chtonisch schrift. Het is de geschreven taal uit de Hel.

Donor

Een gevangen mens die ingezet wordt om dagelijks bloed te produceren, waarbij gebruik wordt gemaakt van moderne bloedbanktechnieken. Te vergelijken met melkkoeien.

Gemixt bloed

Bloed dat is afgetapt uit mensen die op een voortdurend dieet van alcohol of drugs worden gehouden.

Gespietst

Slang voor gedood worden door vampierjagers.

Groentje

Oudbloed-*slang* voor Nieuwbloed.

Halfbloed

Een waargeboren vampier wiens ouders van gemengde kaste zijn, wat wil zeggen dat één ouder Oudbloed is en de ander Nieuwbloed.

Halfbroers en -zussen

Vampiers die één ouder delen zijn halfbroers of -zussen. Gezien de hoge kindersterfte en het grote aantal sterfgevallen tijdens de bevalling, is het gebruikelijk voor vampiermannen om gedurende hun leven een aantal echtgenotes te hebben. Het is heel normaal dat halfbroers of -zussen tientallen jaren in leeftijd verschillen.

Hybride

Het product van de paring tussen een mens en een vampier is een hybride. Hybrides worden gewantrouwd door waargeboren vampiers, aangezien ze door professionele heksenvinders en vampierjagers vaak worden gebruikt als levende wapens, met als beruchtste voorbeeld de gehate Pieter van Helsing.

Jong

Een jonge vampier die nog volwassen moet worden. Een vampier is een jong vanaf de geboorte tot hij of zij in staat is om ondoden te produceren; ruwweg ergens tussen de 21 en 25 jaar.

Kelder
Van levende, gevangengenomen donors wordt in kelders bloed afgetapt.
Slang voor privébloedbanken.

Lege
Een donor die geen bloed meer heeft, wordt een lege genoemd.

Neg
Afkorting voor bloed met een negatieve resusfactor in de bloedgroep.

Nieuwbloeden
Waargeborenen die afstammen van vampiers wier voorouderlijke bloedrechten zijn veroverd door buitenstaanders en die ervoor hebben gekozen om hun erfrecht opnieuw vanaf de grond op te bouwen in plaats van hun overweldiger als vazal te dienen.
Ze hebben in vergelijking met Oudbloeden weliswaar vaak minder sterke krachten, maar ze zijn niet per definitie arm; sommige Nieuwbloeden zijn zelfs heel rijk.
Ze hebben eenvoudigweg niet de millennia van overgeërfde genetische, op bloed gebaseerde krachten en het bloedrecht dat Oudbloeden hebben.

Ondoden

Mensen die door een vampierbeet gedood zijn, komen weer tot leven als ondoden. Ze zijn weliswaar veranderd in iets wat niet langer menselijk is, maar het zijn ook geen vampiers. Anders dan hun meesters kunnen ondoden niet van gedaante veranderen of vliegen. En het allerbelangrijkste: ze kunnen zich niet vermeerderen door andere mensen te bijten. Wel zijn ze onsterfelijk, al zullen ze spontaan in brand vliegen wanneer ze blootgesteld worden aan direct zonlicht. Ondoden zijn erg belangrijk voor het dagelijks leven van vampiers, want ze doen de rotklussen waar de waargeborenen een hekel aan hebben: de was, de gewone boodschappen, het huishouden, voor kleine kinderen zorgen, tuinieren, de boekhouding, bewaking, enzovoort. Ze zijn compleet loyaal aan hun meesters, aangezien ze, net als bij een bijenkoningin en haar volk, sterven wanneer de vampier die ze dienen, sterft door de hand van een vampierjager. Vampierfamilies die door de eeuwen heen vele ondoden hebben verzameld, hebben geleerd om hun overschot op te slaan, door de ondoden in een soort vegetatieve staat te houden tot ze weer nodig zijn. Een vampier die uitzonderlijk rijk is maar weinig ondode bedienden heeft, is sociaal de mindere van iemand die veel armer is maar meer ondoden heeft. Vampiers zijn zeer zorgvuldig in het managen van hun ondoden, en degenen die hun legioenen ondoden verwaarlozen, worden streng gestraft.

Oudbloeden

Waargeborenen met lange, ononderbroken bloedrechten, waarvan sommige teruggaan tot de oorspronkelijke demonvoorvaderen. Oudbloeden hebben enorme legioenen ondode bedienden onder hun bevel en ze bezitten krachten als stormverzamelen, de macht over dieren, gedaanteverwisseling en het controleren van iemands geest, en ook aangeboren magische gaven die hen in staat stellen om spreuken te gebruiken en toverdranken te maken.

Oudje

Nieuwbloed-*slang* voor Oudbloed.

Overweldigen

Met geweld het bloedrecht van een andere vampier afnemen. Dit gebeurt tijdens een man-tot-mangevecht tussen rivaliserende vampiers, wanneer de sterkste van de twee de ander leegdrinkt of zijn of haar hart uit de borst rukt en opeet.

Overweldiger

Een vampier die een bloedrecht veroverd heeft waarop hij of zij geen erkend recht heeft.
Een overweldiger kan tot dezelfde familie behoren, zoals een jongere broer, zus, neef of nicht, maar meestal is hij of zij geen directe verwant van het slachtoffer.

Pos

Slang voor bloed van een positieve bloedgroep.

Privévoorraad

Bloed dat op bestelling gemaakt wordt om te voldoen aan de smaak van een bepaalde klant.

Proppen

Als je mensen met een neerbuigende term wilt aanduiden, noem je ze (bloed)proppen.

Rood

Slang voor bloed.

Schrijvershuis

Een ondergrondse bunker die een kruising is tussen een archief en een bibliotheek, en waar alle wetsdocumenten, dagboeken, stambomen en andere geschriften van het vampierras bewaard worden, buiten bereik van mensen. Het is ook de term voor de plek waar kalligrafen werken aan het met de hand kopiëren van relevante documenten.

Schrijversklauw

Een stuk hout of, in sommige gevallen, steen dat is gesneden in de vorm van een gebogen klauw. Het is het traditionele schrijfinstrument van het vampierras, dat zo is ontworpen dat het lijkt op een klauw van hun voorvaderen.

Slaaf

Een levend mens wiens geest onder controle staat van een vampier. Niet alle slaven zijn zich bewust van hun toestand. Er zijn slaven in alle soorten: van gewone bedienden die overdag moeten werken tot mensen als politici, staatshoofden, religieuze leiders en financiële kopstukken van de mensenwereld.

Stichters

De oorspronkelijke dertien stichters van het moderne vampierras, die in een vorm van voorouderverering door hun afstammelingen worden aanbeden als half-goden. De Stichters waren vleermuisachtige demonen, geboren in de Hel, die meer dan twintigduizend jaar geleden door een tovenaar naar deze dimensie werden geroepen. Toen de tovenaar onverwacht stierf, strand-den ze in deze sterfelijke wereld. In eerste instantie waren er ongeveer honderd 'broeders', maar al snel voerden ze oorlog tegen elkaar om uit te maken wie koning zou worden over hun nieuwe thuis. Toen er nog maar dertien over waren, sloten ze een wapenstilstand en verspreidden zich over de verste uithoeken van de wereldbol zodat ze niet met elkaar hoefden te con-curreren. Uiteindelijk zouden zij het hele vampierras voortbrengen.

Stormverzamelaar

Een waargeborene die in staat is om bliksem, stormen,

tornado's en dergelijke op te roepen. Alle vampiers bezitten deze vaardigheid tot op zekere hoogte, maar je treft zelden iemand aan die meer kan oproepen dan een zware mist of een motregentje.

Strega
Een bovennatuurlijke criminele organisatie die zijn oorsprong heeft in het antieke Rome en Griekenland. De Strega is opgericht en wordt geleid door vampiers, maar maakt ook gebruik van heksen, weerwolven en verschillende andere bovennatuurlijke wezens. Het gerucht gaat dat leden van de Strega hun diensten aan iedereen verkopen die er maar voor wil betalen, inclusief mensen.

Synode
Het regeringslichaam dat toezicht houdt op de naleving van de wetten en rituelen van het waargeboren vampierras. De Synode wordt voorgezeten door de Kanselier, die fungeert als laatste rechter wanneer er getwist wordt door verschillende families.
De Kanselier is ook verantwoordelijk voor het uitdelen van straffen aan diegenen die ervan beschuldigd worden de wetten van de vampiermaatschappij te hebben overtreden. De meest ernstige misdaden zijn die overtredingen die het bestaan van vampiers openbaren aan de rest van de wereld, gewild, per ongeluk of door nalatigheid.

Tappen

Slang voor het drinken van bloed rechtstreeks uit de ader.

Totem

De dierlijke vorm die een vampier aanneemt wanneer hij of zij van gedaante verandert. De wolf is de meest voorkomende totem, maar niet die van alle vampiers. Afhankelijk van hun afstamming veranderen sommige in grote katten, zoals panters, leeuwen of tijgers, terwijl andere de vorm aannemen van een slang, zoals de python, cobra of anaconda. Daarnaast kunnen alle vampiers de gedaante van een vleermuis aannemen.

Totentanz

Het equivalent van een begrafenis in de vampierwereld, al lijkt het in de praktijk meer op een Ierse wake. Na de dood van een vampier komen vrienden en familie bij elkaar voor een ritueel feest dat bestaat uit eten, dansen en luidruchtig zijn, in wezen om de dood uit te dagen. Treuren en tranen zijn verboden. Hoe langer het feest, hoe groter het eerbetoon aan de overledene. In vroeger tijden kon een totentanz weken of zelfs maanden duren.

Van Helsings

Slang voor vampierjagers en met name diegenen die voor het Van Helsing Instituut (VHI) werken.

Vazal

Een vampier wiens bloedrechten veroverd zijn en die trouw heeft gezworen aan zijn of haar overweldiger in ruil voor bescherming en de mogelijkheid om later toestemming te krijgen om in de gestolen bloedlijn te hertrouwen.

Vendetta

Een langdurige bloedvete tussen individuen of families. Vendetta's worden meestal gevoerd tussen jaloerse rivalen, overweldigde vampiers die hun gestolen bloedrechten willen claimen, afgewezen geliefden of slecht behandelde vrienden.

Vendettavrije zone

Bepaalde aangewezen gebieden waar vendetta's niet gevoerd mogen worden, heten vendettavrije zones. Een van die universele vendettavrije zones is het schoolsysteem. De verschillende scholen waar vampiers hun kinderen naartoe sturen om hun opleiding te krijgen, zijn verboden terrein. Ook leerlingen worden beschouwd als verboden terrein. Ze mogen niet aangevallen worden en zijn immuun voor de soms eeuwenlang bestaande rivaliteit tussen families. Zodra ze afstuderen – of van school gaan – gaan de fluwelen handschoenen uit. Illegale aanvallen op schoolgaande jongeren door volwassen vampiers leiden tot extreme strafmaatregelen door de Synode.

Verbonden

Verbonden zijn is het equivalent van getrouwd zijn in de mensenmaatschappij. Vampierstellen worden relatief jong met elkaar verbonden, ook al liggen de beste jaren voor het krijgen van kinderen tussen de honderd en de driehonderdvijftig jaar. Het krijgen van een kind is voor vampiervrouwen nog steeds een gevaarlijke gebeurtenis en veel van hen sterven tijdens de bevalling. Meerlingen zijn zeldzaam en weinig vampiers krijgen tijdens hun leven meer dan twee kinderen. Natuurlijk hertrouwen de meeste mannelijke vampiers als hun echtgenote sterft, en krijgen dan meer kinderen. Huwelijken van Oudbloeden worden geregeld door de hoofden van de families, als een manier om hun macht veilig te stellen.

Vers bloed scoren

Naar die plekken gaan waar het uitschot van de menselijke maatschappij zich ophoudt, met de bedoeling zich te voeden of zich te vermaken door de mensen te terroriseren.

Volgeling

Een zwakkere, minder machtige vampier die zich verbindt aan een machtige vampier, in de hoop daardoor bescherming te genieten. Anders dan vazallen zijn volgelingen niet veroverd en hebben ze er uit vrije wil voor gekozen om hun leenheer te dienen.

Waargeborene

Vampiers onderscheiden zich van de ondoden door zich waargeborenen te noemen. Waargeborenen zijn zij die uit vampierouders geboren zijn, zowel bij Oudbloeden als Nieuwbloeden. Waargeborenen zijn in feite levende vampiers. Ze zijn praktisch immuun voor alle menselijke ziektes en in staat om alles te vernieuwen, behalve een hoofd of hart, maar waargeborenen zijn niet onsterfelijk. Ze kunnen achthonderd jaar oud worden, als ze tenminste niet gedood worden door vampierjagers of, veel waarschijnlijker, door een rivaliserende vampier.

Tijdens de eerste vijfentwintig jaar van het vampierleven gaat hun verouderingsproces net zo snel als bij mensen, maar wanneer ze eindelijk volwassen worden, vertraagt dat proces tot een tiende van dat van mensen.

De laatste mijlpalen die het volwassen worden van een waargeborene markeren, zijn allereerst het verlies van de mogelijkheid om gefotografeerd te worden, gevolgd door het verlies van zijn spiegelbeeld en uiteindelijk het verkrijgen van de gave om ondoden te produceren door middel van zijn beet. De kindersterfte onder waargeborenen is nog steeds erg hoog, en elke zwangerschap is gevaarlijk voor de moeder. Recentelijk zijn er nieuwe ontwikkelingen in vruchtbaarheidstechnieken, maar die zullen wellicht voor vampiers niet zo goed werken als gehoopt.

Ware taal

De ultrasone taal die door de Stichters werd gesproken.

Zwakbloedig

Vampiers die als inferieur bestempeld worden en/of anderszins ongeschikt geacht worden om het bloedrecht van een familie over te nemen, heten zwakbloedig. Wanneer er meer dan één kind is, moet het hoofd van de familie kiezen welke nakomeling het meest geschikt is om te erven. Ouders kennen vooral grote waarde toe aan agressie, en ook aan fysieke kracht en doorzettingsvermogen, gevolgd door verscheidene bovennatuurlijke gaven. Het kind dat het sterkst wordt geacht – en daardoor het best in staat om het bloedrecht te verdedigen tegen overweldigers – wordt aangewezen als erfgenaam, en de anderen worden bestempeld als Zwakbloeden. Zwakbloedige (half)broers en (half)zussen zullen de rest van hun leven de gekozen erfgenaam moeten steunen. Het is hun verboden om te trouwen of zich voort te planten (in elk geval met andere vampiers). En wanneer hun tijd komt, moeten ze hun bloed – en alle ondoden en persoonlijke rijkdommen die ze door de eeuwen heen hebben verzameld – overgeven aan hun sterkbloedige broer of zus of diens nakomelingen.

Hiervan wordt alleen afgeweken wanneer een uitverkoren erfgenaam vernietigd wordt voordat het bloedrecht kan worden doorgegeven, of wanneer families betrekkingen willen versterken door hun zwakbloedige kinderen uit te huwelijken aan de sterkbloedige erfgenamen van een andere familie.

Lees ook deel 2: Nachtleven

Lilith Todd heeft aan veel dingen een bloedhekel: Nieuwbloedvampiers, haar zin niet krijgen, haar moeder, lelijke mensen, arme mensen, nerds… Maar wie ze hartgrondig háát, zijn haar vader en Cally Monture, zijn bastaarddochter. Sinds Lilith weet van het bestaan van haar halfzus, is ze vastbesloten niet langer mee te liften op haar vaders macht en rijkdom, maar het op eigen kracht te maken. En nu topfotograaf Kristof diep onder de indruk blijkt van haar adembenemende schoonheid, weet ze ook hoe: ze wordt model.

Cally heeft andere problemen. Sinds ze weet wie haar vader is, is het nog belangrijker om haar relatie met Peter, een echte Van Helsing en dus vampierjager, geheim te houden. Hun liefde komt steeds meer onder druk te staan, zeker wanneer Liliths vriend Jules haar vraagt voor het grote Rauhnacht Bal.

De spanning tussen de twee vamps loopt hoog op. Cally en Lilith zullen beiden moeten vechten voor erkenning in de wereld van de machtige Oudbloedvampiers.

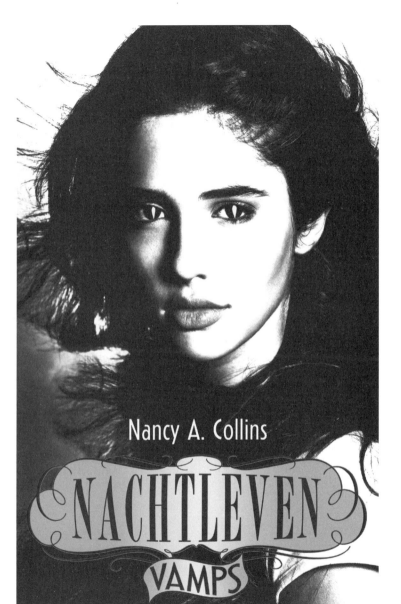

Nancy A. Collins

NACHTLEVEN

VAMPS